［改訂新版］

「話す力」を伸ばせる会話教材

会話の日本語 I

佐々木瑞枝
Mizue Sasaki

門倉正美
Masami Kadokura

Japanese through Dialogues for Intermediate Leaners

大新書局　印行

はしがき　−学習者のみなさんへ−

　みなさんは初級の授業で文型練習をたくさんしたのではありませんか。
でも、実際にそれらを日本人との会話で使えますか。

　たとえば、「〜ている」にはどんな使い方があり、どんな会話の場面で使われる
のでしょう。
　このテキストでは「〜ている」の用法を５つのパターンに分け、それぞれを自然
な会話例で示してCDに収めています。テキストで使い方と使う場面を自分でも整
理してみたうえで、CDを聞いて、自然なアクセントやイントネーションを身につ
けましょう。きっと驚くほど，会話力がつくはずです。
　このテキストにはそれ以外にも、初級で習ったさまざまな文型について、たくさ
んの会話例を通じてもう一度整理しています。その際、自然な会話を覚えるための
さまざまな工夫をしています。たとえば、女性的な感じを与える表現には（F）、
男性的な感じを与える表現には（M）と、その区別を示しておきました。友達や親
密な人同士の間で使われるカジュアルな表現も紹介しています。それから、いろい
ろな意味を持つ副詞、擬音語・擬態語、形式名詞、間投詞というトピックも、詳し
く取り上げました。ほかのテキストではあまり見られないものですが、こうした表
現をしっかり身につけることによって、とても自然な話し方になっていくはずです。

　この『改訂新版　会話のにほんご』は『会話のにほんご』（1996年）、『会話の
にほんご＜ドリル＆タスク＞』（1997年）を改訂し、「この課で学ぶこと」などを
加えて新しく一冊にまとめたものです。
　例文やドリルを大幅に修正することで、さらに楽しいクラス活動が可能になった
と思います。改訂版作成にあたっては、薄井広美さん、浅野陽子さんにも、加わっ
ていただきました。またジャパンタイムズ出版編集部の関戸千明さん、岡本江奈さ
んには、優秀な編集者として助力してくださったことにお礼申し上げます。
　このテキストが自然なコミュニケーション場面で、学習者のみなさんに役立つこ
とが著者一同の願いです。

2007年11月

佐々木瑞枝
門倉　正美

会話のにほんご I

登場人物

●木村さんの家族

木村和夫 (52)
サラリーマン

木村恵子 (45)
主婦

木村健一 (22)
大学 4 年生

木村真由美 (20)
大学 2 年生

本書の使い方　－先生方へ－ ······························

本書のねらい

　『改訂新版　会話のにほんご』は、学習者がすでに習得している文型や文法事項を実際のコミュニケーションの場で使えるように練習することを目的としています。「Ｎ は Ｎ です」からではなく、いきなり「ている」から始めているのも、すでに文型としては触れたことのある項目を、コミュニケーションという点で学習者にとらえ直してもらうことを主眼としているためです。

　学習者の多くにとっては、初級の文型や文法事項を一応習得したとしても、それを応用して「自然な会話」ができるようになるのはなかなか難しいものです。本書では、実践的な文例や会話を豊富に示しましたので、クラスではそれらの文脈をさらにひろげていくことによって、学習者の既習事項が活性化されることを期待しています。

　また、通常のテキストではあまり取り上げられなかった文法項目、たとえば、多義的な副詞、擬音語・擬態語、形式名詞、間投詞などについて、身の回りの会話表現に欠かせない要素として、課のテーマとして取り上げるだけでなく、全課を通して例文に盛り込むよう心がけました。特に、呼びかけ、応答、あいづち、フィラー、感情表現といった、会話の潤滑油ともいうべき「間投詞」については、（Ｆ）（Ｍ）で示した「女ことば／男ことば」や「フォーマル／カジュアル」の区別とともに、随時、練習していただきたい事項です。

　このように本書は、「文法・文型学習」を優先する従来のテキストでは軽視されてきた、バリエーションに富んだ話題・場面・人間関係を含んだ例文を数多く取り入れ、自然なコミュニケーションに重点をおく内容となっています。この点で、本書は、特にコミュニケーション活動を重視する地域の日本語教育にとっても役に立つテキストでもあると思っています。

　本書には、会話を収録した CD も添付されていますので、テキストと CD の音声を十分に活用して、初～中級レベルの日本語会話力を大いに伸ばしてください。

各課の構成

会話

　各課冒頭の会話は、その課の文型を使って交わされる自然な会話です。教材にありがちな「文型を出すための会話」ではなく、文型はあくまでも会話のやりとりの必要に応じて使われています。
　このテキストでは、会話例のコミュニケーションスタイルも重要です。会話の場面や登場人物同士の関係をよく学習者に把握させて、会話の内容を理解させましょう。内容がひと通り理解できたら、CD を聞かせてください。

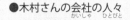

●木村さんの会社の人々

斉藤部長
（木村さんの上司）

岡田
（木村さんの同僚）

鈴木

武井

山田

上田

この課で学ぶこと

その課で取り上げる文型の用法と注意点が個条書きされています。
どんな用法を取り上げているか、課の内容を概観することができます。

文例と会話例

　2ページ目からは、用法ごとに各課2〜7つのブロックに分け、順番に用例を挙げました。各用法について、3〜5つの単文例と、自然な短い会話例を掲載しています。1つの用法でも、肯定形や否定形、「です・ます体」とくだけた話し方、男性的な話し方と女性的な話し方など、さまざまなタイプの例を挙げています。一つずつ、場面や人物を想像しながら、内容を把握させましょう。
　会話例については、すべてCDに収録してあります。音声をよく聞いて、声の調子やイントネーションなどをマスターすれば、さらに自然な会話が身につきます。

ドリル

　文例・会話例のあとに練習問題を設けました。基本的な文法練習から応用的な自由解答の問題まで、さまざまなタイプのドリルがあります。既習文型の復習をしながら応用的な力も試すことができます。最後の問題は聴解問題になっています。解答と聴解問題のスクリプトは巻末付録にあります。

CD

　本書にはCDが1枚付いています。1〜14課の内容です。各課とも冒頭の会話、用法ごとの会話例（文例は音声なし）、それにドリルの聴解問題が収録されています。アクセントやイントネーションだけでなく、声の調子や間などにも注意してよく聞かせるとよいでしょう。

巻末付録

　巻末付録には、「教師用解説：『会話の授業』を担当する方へ」「ドリル解答」および「ドリル聴解問題スクリプト」、「本文中国語訳」を収録しました。教師用解説では、授業で教える際の注意点や工夫のしかたを課ごとに解説してありますので、ぜひ参考にしてください。

授業の流れ

1．冒頭の会話の導入

　課の冒頭の会話は、内容に入る前にまず会話の上のイラストを使いながら場面を説明し、会話の状況をイメージさせます。

例）1課　「タクシーの中です。」
　　　　　「2人は会社の同僚です。」
　　　　　「さあ、何を心配しているのでしょうね。」

　次にCDを聞かせますが、自然な会話であるため、これまで「文法偏重」の学習をしてきた学習者には、最初は聞き取れないかもしれません。ですから、いつ聞かせるかは、クラスのレベルによって教師が判断するといいでしょう。聴解レベルの高い学習者の場合は、テキストを見ないで2、3回聞かせます。いきなり聞かせてもわからないと思われるときには、会話の内容がひと通り理解できてから聞かせるほうが、自然な会話を聞き取る能力は育ちます。聞き取れないところは、先生が単語カードなどを見せながらゆっくり言ってあげてください。それから、CDの内容を学習者に質問して、内容が把握できているかどうか、確認してみてください。

2. 文例・会話例の導入と展開

　冒頭の会話の内容が把握できたら、2ページ目からの文例・会話例を用法ごとに進めていきます。
　授業にあたっては、単に文型学習としてテキストを進めていくことがないように注意してください。テキストで取り上げている文型や用例をコミュニケーションの素材として扱い、学習者にできるだけ話す機会を与えて自由に会話を進めさせることが重要です。

例）1課の用法2
　「鈴木さんはもう着いていますよ」（結果の状態が続いていることを表す「〜ている」）

　(1)　a〜eの文例を教師が一つずつ読み、文の内容を確認して、各文に使われている「〜ている」が「あることが起こり、その結果の状態が続いていることを表している」ことを確認します。例文は「荷物が届いていますよ」「背中のボタンがはずれていますよ」のように日常のコミュニケーションでよく使われる内容です。
　　文を読むときは、場面を上手に作って、演じるつもりで言ってみましょう。たとえば、「ここはトムさんの家です。あ、水槽の熱帯魚が死んでいますよ」のように、場面を伝えてから、驚いた調子で言ってみてください。
　　実際のコミュニケーションとは、決して音声だけではなく、身振りや物腰などのノンバーバルコミュニケーションが大きな役割を果たします。ですから、例文もただ「読んで聞かせる」のではなく、先生自身が楽しみながら演じていただきたいと思います。

　(2)　次にCDで会話例を聞かせて導入します。(1)(2)とも、クラスのレベルに合わせて、リピートさせたり、ペアワークでロールプレイさせたりと、定着の方法を工夫してください。

　(3)　文例と会話例で「〜ている」の用法がつかめたら、その会話を学生にロールプレイさせ、続きを自由に考えさせてみましょう。クラスの人数が多い場合はペア練習をしたり、できた会話をペアで発表させましょう。

ロールプレイの例：
和夫「大変だ、本棚が倒れているよ。」
恵子「すごい地震だったのね。」（この2行がテキストの会話例）
和夫「後片付けが大変だなあ。」
恵子「テレビをつけましょう。」
和夫「震度5、わあ、大変だ！」
恵子「お母さんにも電話しましょう。」

3. ドリルの進め方

［ドリルの方法］

　各課にはドリルがあります。基本的な問題から、さまざまなバリエーションの応用練習まで用意しました。基本的な問題で単なる文法練習に見えても、実際は会話に応用できるよう工夫されています。あくまでも場面に合った会話や自然なコミュニケーションのためのドリルとして活用してください。
　たとえば1課のドリルでは、下のような穴埋めドリルで「もう」の使い方を練習します。

例）1課・練習2
　「映画は11時からですから、もう＿＿＿＿います。」
　「私は独身じゃありません。もう＿＿＿＿います。」
　「長話ですね。もう1時間も＿＿＿＿いますよ。」

このような問題は、真面目な顔で、答えさえ合っていればOKとして進めるのではなく、それ

それの文を、誰が、どんな場面で、どんなふうに発話しているのかまで想像させることによって、実際に役立つ力がついていきます。

［聴解問題］

　各課の最後の問題は聴解問題になっています。聴解問題は改訂版で新しく追加しました。自然な会話を尊重し、学習者が聞く、理解する、自分も会話できるようにする、ことを目的としています。たとえば、1課の練習4は、会話を聞いて場面を考え、そこで「～ています」の文を考えさせる問題です。

例）　「ここのコーヒー、おいしいよね」
　　　「うん、静かだし、落ち着くよね」
　　　→場所：喫茶店「コーヒーを飲んでいます」

　この場合、学習者が答えを考えたら、今度は教師がもう一度「コーヒーを飲んでいます」と言ってそれを会話場面と設定し、学生2人にCDのような会話をさせると、自然な会話がいっそう定着します。

［ドリルを使った発展練習］

　問題文をコミュニケーションの素材として利用して、さらに発展させた練習を行うこともできます。

例）　1課・練習1　（1）「毎日、バスで通っています」
　　　問題を解いたあと、クラスで関連した疑問文を考えさせる。
　　　「学校には何で通っていますか」「バスは込みますか」「時間はどのくらいかかりますか」
　　　など

　　　学習者たちは、教室の中を歩きながらお互いに質問し合い、あとで相手から答えてもらった内容を発表します。

　　　A　「学校には何で通っていますか。」
　　　B　「地下鉄です。」
　　　A　「地下鉄は込みますか。」
　　　B　「朝8時から9時まではとても込みます。」
　　　A　「時間はどのくらいかかりますか。」
　　　B　「学校まで40分かかります。」
　　　A　「あなたの国でも学校に地下鉄で通っていましたか。」

　　　クラス全員の名前を書いたカードを用意して一人に1枚ずつ渡し、名前が書かれた学習者について発表させると、1回目の授業の自己紹介の助けにもなります。

　このような発展練習は、教師が考えているよりも、学習者たちは自分なりの質問を作って相手とコミュニケーションを楽しむものです。先生は教室全体の学習者が会話に参加しているかを把握し、一人ぼっちになる学習者が出ないように調整するなど、コーディネーターとして助けてあげてください。

　以上のように本書では、ただテキストを説明しドリルを行って授業をするのではなく、テキストの中の素材を十分に活用し、発想をひろげて授業を進めることによって、会話力を高めることを目指しています。本書が「自然なコミュニケーション力」のために、先生と学習者の役に立つことを心から願っています。
　なお、巻末付録には「『会話の授業』を担当する方へ－よりよい指導のために－」として、各課の詳しい内容をまとめてあります。ぜひ指導の参考にしてください。

［ 改訂新版 ］

会話の日本語 I

もう12時をすぎています

1課

動詞・て形の応用（1）—— 〜ている

会話 🔊 T-02

木村さんと佐藤さんが、パーティー会場へ向かうタクシーの中で話しています。

木　村：ひどい渋滞ですね。

佐　藤：もう12時をすぎていますよ。

木　村：パーティーに間に合わないと困りますね。

佐　藤：地下鉄で行った鈴木さんはもう着いていますよ。

木　村：きっと心配しているでしょうね。

佐　藤：もうビールを飲んでいますよ。

この課で学ぶこと

「V（動詞）＋ている」には、大きく分けて５つの用法があります。

1. 動作が現在進行中であることを表す ▶ ビールを飲んでいます
2. あることが起こり、その結果の状態が続いていることを表す ▶ もう着いています
3. 毎日、継続的・習慣的にしていることを表す ▶ 地下鉄で通っています
4. 服装を表す ▶ ジーンズをはいています
5. 元からの状態を表す（「V＋ている」の形でよく使われる動詞） ▶ 似ている、曲がっている、など

1 ビールを飲んでいます
——動作が現在進行中であることを表す　　T-03

a. 今日は朝から雨が降っていますね。

b. 電車の中でずっと本を読んでいました。

c. さっきから彼ばかり話しています。

d. うるさい音楽がずっと鳴っています。

e. もう30分もカボチャを煮ています。

■食事をしながら話しています。

鈴　木：まだ食べているんですか。

山　田：まだ3杯目ですよ。

ビールを飲んでいます。

■レストランで、席が空くのを待ちながら話しています。

上　田：もう30分も待っているのに。まだ空かないのかしら。　（F）

武　井：あのテーブルの人たち、食べ終わったのに、まだ話しているわ。　（F）

2 鈴木さんはもう着いていますよ
——あることが起こり、その結果の状態が続いていることを表す　　T-04

a. あのドアはきのうから開いています。

b. 荷物が届いていますよ。

c. あっ、水槽の熱帯魚が死んでいますよ。

d. 線路に一万円札が落ちていますよ。

e. 背中のボタンがはずれていますよ。

■地震のあと、家に帰ってきて話しています。

和　夫：大変だ。本棚が倒れているよ。

恵　子：すごい地震だったのね。

荷物が届いていますよ。

■空港のチェックインカウンターで話しています。

鈴　木：搭乗手続きはもう始まっていますか。

受　付：はい、5分前から始まっております。*

* 「ております」は「ています」のていねいな形

3 建設会社に勤めています
けんせつがいしゃ つと
——毎日、継続的・習慣的にしていることを表す
まいにち けいぞくてき しゅうかんてき あらわ

T-05

a. 毎晩、ビールを飲んでいます。
まいばん の

b. 毎朝、始発電車に乗っています。
まいあさ しはつでんしゃ の

c. 電車の中では、文庫本を読んでいます。
なか ぶんこぼん よ

d. 会社では、受付に座っています。
かいしゃ うけつけ すわ

e. 大学には自転車で通っています。
だいがく じてんしゃ かよ

大学には自転車で通っています。

■就職の面接官との会話。
しゅうしょく めんせつかん かいわ

面接官：いつも新聞は何を読んでいますか。
めんせつかん しんぶん なに よ

長　島：経済紙を愛読しています。
なが しま けいざいし あいどく

面接官：テレビは何を見ていますか。
み

長　島：報道特集をよく見ています。
ほうどうとくしゅう

4 ダイヤの指輪をはめています
ゆび わ
——服装を表す（着る、はく、かぶる、はめる、する、など）
ふくそう あらわ き

T-06

a. いつもスーツ（セーター・コート・ワイシャツ・ワンピース）を着ています。

b. ジーンズ（スカート・靴下・ズボン・靴）をはいています。
くつした

c. あの人は、ネクタイ（マフラー・スカーフ・ネックレス・指輪）をしています。
ひと

d. 手袋（指輪・腕時計・ブレスレット）をはめています。
て ぶくろ うで ど けい

e. 父はいつもしゃれた帽子をかぶっています。
ちち ぼうし

■電話で。木村さんが坂本さんと初めて会う約束をしています。
でんわ きむら さかもと はじ あ やくそく

坂　本：じゃ、新宿駅の南口で５時に。
しんじゅくえき みなみぐち じ

木　村：私はグレーのスーツを着ていますが、
わたし
　　　　坂本さんは？

坂　本：私は黒い帽子をかぶって、サングラス
くろ
　　　　をかけています。それから大きなダイ
おお
　　　　ヤの指輪をはめています。

木　村：（本当かなあ？）
ほんとう

父はいつもしゃれた帽子をかぶっています。

5 お父さんによく似ています
—— 元からの状態を表す（「Ｖ＋ている」の形でよく使われる動詞）

「動作・行為」ではなく、「どんな状態であるか」を表す形容詞のような意味を持つ。

お父さんによく似ています。

a. 関西の料理は、味つけがあっさりしていますね。

b. そんなことでクヨクヨするなんて、ばかげているよ。

c. 木村さん、お金がなくても悠々としているんですよ。

d. 君はどんなところに行っても、堂々としているねえ。

e. あの人、変わっているわねえ。　（Ｆ）

 似る、そびえる、形をする、すぐれる

これらの動詞は「あの二人は似ますね」ではなく「似ていますね」のように、「Ｖ＋ています」の形が使われるのが普通です。注意が必要です。

【似ている】

真由美：お父さんにそっくりね。　（Ｆ）

隆　：うん、みんなに似ているって言われるよ。

【そびえている】

佐　藤：向こうにそびえている山は何ですか。

木　村：あれが、北アルプス連峰ですよ。

【形をしている】

隆　：この魚、変な形をしているね。

真由美：深海魚だそうよ。　（Ｆ）

【すぐれている】

ジョン：日本の官僚機構はすぐれていますね。

木　村：いやあ、そのマイナス面も多いんですけどね。　（Ｍ）

1課　ドリル

練習1　（　　　）の中の動詞を「～て」の形にしてください。

（例）もうビールを（ 飲む → 飲んで ）います。

（1）毎日、バスで（ 通う →　　　　　　　 ）います。

（2）まだ（ 着く →　　　　　　　　 ）いないようですよ。

（3）今、（ 探す →　　　　　　　　 ）いるところだよ。

（4）家では着物を（ 着る →　　　　　　　 ）います。

（5）ずいぶん変な（ 形をする →　　　　　　 ）（い）るなあ。

（6）文庫本を（ 読む →　　　　　　 ）います。

（7）二人はよく（ 似る →　　　　　　 ）います。

（8）もう1時間も（ 待つ →　　　　　　 ）いるのに、まだ来ない。

（9）今日はネクタイを（ する →　　　　　　 ）（い）ないのね。

（10）長崎には行きましたが、広島にはまだ（ 行く →　　　　　 ）（い）ません。

練習2　下の　　　　の中から適当な動詞を選んで、適当な形にしてください。

（1）日本語の勉強のため、毎日CDを_____います。

（2）映画は11時からですから、もう_____います。

（3）私は独身じゃありません。_____います。

（4）長話ですね。もう1時間も_____いますよ。

（5）郵便局は5時まで_____います。

（6）朝はいつもパンを_____います。

（7）電車が込んでいたので、ずっと_____いました。

| 開く | 聞く | 結婚する | 困る | 閉まる | 立つ |
| 食べる | 着く | 泣く | 始まる | 話す | |

練習3 〔   〕の中の言葉を使って、「～ている」の形で、文を作ってください。
なか ことば つか   かたち ぶん つく

（1）〔 うるさい　音楽　鳴る 〕
　　　　　　おんがく　な

→ _____

_____

（2）〔 線路　一万円札　落ちる 〕
　　　　せん ろ　いちまんえんさつ　お

→ _____

_____

（3）〔 電車の中　文庫本　読む 〕
　　　　でんしゃ　なか　ぶん こ ほん　よ

→ _____

_____

（4）〔 今日　ジーンズ　はく 〕
　　　　きょう

→ _____

_____

（5）〔 力士　いつも　堂々とする 〕
　　　　りき し　　　　　どうどう

→ _____

_____

練習4 🎧 T-08 CDの会話を聞いて、2人が今いる場所を下のa〜fから選んでくだ
さい。そして、今していることを、「〜ています」を使って＿＿＿＿＿＿に書いて
ください。

（例）A：ここのコーヒー、おいしいよね。
　　　B：うん、静かだし、落ち着くよね。
　　　→　場所（　a　）
　　　　　<u>コーヒーを飲んでいます。</u>

（1）場所（　　　）
　　　＿＿＿＿＿＿＿＿＿＿＿＿＿＿＿＿＿＿＿＿＿＿＿＿＿＿

（2）場所（　　　）
　　　＿＿＿＿＿＿＿＿＿＿＿＿＿＿＿＿＿＿＿＿＿＿＿＿＿＿

（3）場所（　　　）
　　　＿＿＿＿＿＿＿＿＿＿＿＿＿＿＿＿＿＿＿＿＿＿＿＿＿＿

（4）場所（　　　）
　　　＿＿＿＿＿＿＿＿＿＿＿＿＿＿＿＿＿＿＿＿＿＿＿＿＿＿

（5）場所（　　　）
　　　＿＿＿＿＿＿＿＿＿＿＿＿＿＿＿＿＿＿＿＿＿＿＿＿＿＿

◆場所

a．喫茶店(例)　　　　b．映画館　　　　c．会社
　きっさてん　　　　　　えいがかん　　　　　かいしゃ
d．カラオケボックス　e．電車の中　　　　f．レストラン
　　　　　　　　　　　　でんしゃ　なか

20部コピーしてあります

2課

動詞・て形の応用（2）—— 〜てある

会話　💿 T-09

会社で、斉藤部長と鈴木さんが、資料について話しています。

部　長：鈴木くん、資料に何て書いてある？

鈴　木：「社外秘」って書いてあります。

部　長：他社には知られないほうがいいからね。

鈴　木：今日の会議用に20部コピーしてあります。

部　長：あ、そう、どうもありがとう。コピーの扱いにも気をつけてね。

この課で学ぶこと

「Ｖ（動詞）＋てある」には2つの用法があります。

1. 誰かがした行為の結果の状態を表す　▶ 壁に絵が掛けてあります
2. すでに準備や用意が終わったことを表す　▶ 彼には、もう話してあります

「てある」の前に来る動詞は他動詞です。「壁に絵が掛けてあります」は、「誰かが壁に絵を掛けた」という意味を含んでおり、動詞は自動詞（掛かる）ではなく、他動詞（掛ける）が使われます。

3. 「他動詞＋てある」と「自動詞＋ている」の違い

動作が終わっていないときは「Ｖ＋ていません／ていない」を使います。終わっているときは「Ｖ＋てあります／てある」となります。

4. 「まだＶ＋ていません」と「もうＶ＋てあります」の違い

1 「社外秘」って書いてあります
——誰かがした行為の結果の状態を表す

a. 窓が開けてありますよ。

b. ストーブがつけてありますね。

c. レンタルスキーはもう返してありますね。

d. この手紙は宛て名が書いてありません。

e. 貴重品はフロントに預けてあります。

この手紙は宛て名が書いてありません。

■ランさんが旅行から帰ってきて、自分の部屋に入り
ました。

ラ　ン：洗濯物がたたんでありますね。

ジョン：部屋の掃除もしてありますよ。ここに手紙が置いてあります。

ラ　ン：この字は、僕の恋人のだ。うれしいなあ。

2 20部コピーしてあります
——すでに準備や用意が終わったことを表す

a. 切符は買ってありますか。

b. スピーチの原稿、もう書いてありますよね。

c. 料理の材料は買ってあります。

d. ビールが冷やしてあります。

e. アポイントはとってありますか。

20部コピーしてあります。

■知人に、結婚することを報告しています。

武　井：私、来年、結婚するんです。

坂　本：それは、おめでとうございます。もう、式の日取りは決めてあるんですか。

武　井：ええ。新婚旅行も予約してあります。

坂　本：結婚の準備にお金がたくさんいるでしょう。

武　井：大丈夫。ボーナスを全部、貯金してあります。

T-10

T-11

3　ビール冷やしてある？／ビール冷えている？ 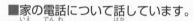 T-12
—— 「他動詞＋てある」と「自動詞＋ている」の違い

どちらも状態を表すが、「他動詞＋てある」は誰かが何か
をした、その「行為」に注目している。「自動詞＋ている」
は「結果の状態」に注目している。

a. 玄関のドアが開けてあります。／窓も開いています。
b. 先生のために席が空けてあります。／
　　この映画館、席がずいぶん空いていますね。
c. きれいな掛け軸が掛けてありますね。／
　　ハンガーに赤いコートが掛かっています。

席が空けてあります。

■家の電話について話しています。

武　井：坂本さんのうちの電話、いつも留守番
　　　　電話にしてありますね。

坂　本：最近、いたずら電話が多いので、そう
　　　　しているんです。

席がずいぶん空いています。

4　まだコピーしていません／もうコピーしてあります T-13
—— 「まだV＋ていません」と「もうV＋てあります」の違い

動作が完了して（終わって）いないことを表すとき、「V＋ていません／V＋ていない」を使う。
「宿題をしましたか」の答えは、終わっていないときは「いいえ、まだしていません」（×「いいえ、
まだしません」）となり、終わっているときは「はい、もうしてあります」となる。

a. まだ夕飯を食べていません。／もう夕飯の準備はしてあります。
b. まだレポートを書いてないのですか。／もうレポートは提出してあります。
c. もうジョンさんに連絡しましたか。／いいえ、まだ連絡していません。

■引っ越しの準備について話しています。

武　井：引っ越しするそうですね。もう荷物の準備はできましたか。

坂　本：いいえ、まだ準備していません。

武　井：引っ越し屋さんには連絡してありますか。

坂　本：ええ、それは、もう2週間も前に連絡してあります。

練習1 （　　）の中の動詞を「～てある」の適当な形にしてください。

（例）A：ケーキが（買う → 買ってある）ね。誰かの誕生日だっけ？
　　　B：今日はお兄ちゃんの18歳の誕生日だよ。

（1）A：忘れ物はない？
　　　B：うん。荷物はもう、全部カバンに（入れる →　　　　　　　）よ。

（2）A：たばこ、吸ってもいいですか。
　　　B：だめですよ。あそこに「禁煙」って（書く →　　　　　　　）よ。

（3）A：あそこに（置く →　　　　　　　）カバン、誰のですか。
　　　B：あっ、私のです。

（4）A：この手紙、出してきてください。
　　　B：ええ、でもまだ切手が（はる →　　　　　　　）よ。

（5）A：泥棒に入られたんですか。
　　　B：ええ。鍵はちゃんと（かけた →　　　　　　　）んですよ。

練習2 右ページの　　　　　の中から適当な動詞を選んで、「～てある（あります）」か「～ている（います）」の形にしてください。

（1）真由美：あそこに（　　　　　　　　）ボールペン、パクさんのじゃありませんか。
　　　パ　ク：あっ、本当だ。きのうから探していたんです。

（2）真由美：その電話は使えませんよ。紙に「故障」と（①　　　　　　　）でしょう。
　　　パ　ク：あっ、そうですね。（②　　　　　　　）んですね。

（3）真由美：パクさんの部屋にはエアコンはないんですか。
　　　パ　ク：ええ、それで窓が（　　　　　　　）んです。

（4）パ　ク：カバンが（　　　　　　　）よ。
　　　真由美：えっ、うっかりしていました。どうもありがとう。

（5）真由美：机の上に写真が（　　　　　　　）ね。恋人の写真ですか。
　　　パ　ク：いいえ、あれは妹の写真なんです。

（6）真由美：パクさんの部屋は、いつも電気が（①　　　　　　　）んですね。
　　　パ　ク：ええ、泥棒が入らないように、いつも電気を（②　　　　　　　）んですよ。

（7）真由美：今日の1時までに提出するレポート、もうできましたか。

　　　パ　ク：まだです。今、（　　　　　　　　　）んです。

（8）真由美：壁に（　　　　　　　　）絵は、パクさんがかいたんですか。

　　　パ　ク：ええ、そうですよ。とても気に入っているんです。

落ちる	落とす	壊す	壊れる	開く	開ける	つく
つける	掛かる	掛ける	飾る	書く	食べる	

練習3 ランさんは旅行から帰って、自分の部屋に入り、びっくりしました。絵を見ながら答えてください。〔　　　　〕の中の言葉を使って「～てあります」の形で、文を作ってください。

（例）〔 部屋の掃除　する 〕

　→　　部屋の掃除がしてあります。

（1）〔 テーブルの上　花　飾る 〕

　→ _____

（2）〔 テーブルの上　カード　置く 〕

　→ _____

（3）〔 カード　「お誕生日おめでとう」　書く 〕

　→ _____

練習4 中国旅行に必要な準備をチェックリストにしました。
下の □ の中から（　　　）に入る動詞を選び、Aさんの質問を完成させてください。Bさんの答えは、リストの「もう」「いま」「まだ」の指示を見て、準備ができているかどうかを書いてください。

（例）A：ビザを　<u>申請しましたか</u>。
　　　B：〔もう〕→　<u>はい、もう申請してあります。</u>
　　　　　〔いま〕→　<u>はい、いま申請しています。</u>
　　　　　〔まだ〕→　<u>いいえ、まだ申請していません。</u>

◆チェックリスト

準備すること	もう	いま	まだ
（例）ビザを（　　　　申　請　す　る　　　　）	○	○	○
（1）ホテルを（　　　　　　　　　　　　）	○		
（2）円を元に（　　　　　　　　　　　　）			○
（3）中国のガイドブックを（　　　　　　）		○	
（4）簡単な中国語の会話を（　　　　　　）		○	
（5）友人の葉さんに手紙を（　　　　　　）		○	
（6）葉さんにおみやげを（　　　　　　　）			○
（7）海外旅行保険に（　　　　　　　　　）			○
（8）ビデオカメラの使い方を小林さんから（　　）		○	
（9）旅行の日程を家族に（　　　　　　　）			○
（10）日本大使館の電話番号を（　　　　　）	○		

申請する^(例)　メモする　　予約する　　勉強する　　換える　　借りる
話す　　入る　　買う　　書く　　読む　　教えてもらう

（1）A：ホテルを＿＿＿＿＿＿＿＿＿＿＿＿＿＿＿＿＿＿＿＿＿＿＿＿。
　　　B：＿＿＿＿＿＿＿＿＿＿＿＿＿＿＿＿＿＿＿＿＿＿＿＿＿＿＿＿＿。
（2）A：円を元に＿＿＿＿＿＿＿＿＿＿＿＿＿＿＿＿＿＿＿＿＿＿＿＿＿。
　　　B：＿＿＿＿＿＿＿＿＿＿＿＿＿＿＿＿＿＿＿＿＿＿＿＿＿＿＿＿＿。

（3）A：中国のガイドブックを＿＿＿＿＿＿＿＿＿＿＿＿＿＿＿＿＿＿＿＿＿＿＿。
　　　　ちゅうごく
　　　B：＿＿＿＿＿＿＿＿＿＿＿＿＿＿＿＿＿＿＿＿＿＿＿＿＿＿＿＿＿＿＿＿＿。

（4）A：簡単な中国語の会話を＿＿＿＿＿＿＿＿＿＿＿＿＿＿＿＿＿＿＿＿＿＿＿
　　　　かんたん　ちゅうごくご　かいわ
　　　B：＿＿＿＿＿＿＿＿＿＿＿＿＿＿＿＿＿＿＿＿＿＿＿＿＿＿＿＿＿＿＿＿＿。

（5）A：友人の葉さんに手紙を＿＿＿＿＿＿＿＿＿＿＿＿＿＿＿＿＿＿＿＿＿＿＿。
　　　　ゆうじん　よう　　　てがみ
　　　B：＿＿＿＿＿＿＿＿＿＿＿＿＿＿＿＿＿＿＿＿＿＿＿＿＿＿＿＿＿＿＿＿＿。

（6）A：葉さんにおみやげを＿＿＿＿＿＿＿＿＿＿＿＿＿＿＿＿＿＿＿＿＿＿＿＿。
　　　B：＿＿＿＿＿＿＿＿＿＿＿＿＿＿＿＿＿＿＿＿＿＿＿＿＿＿＿＿＿＿＿＿＿。

（7）A：海外旅行保険に＿＿＿＿＿＿＿＿＿＿＿＿＿＿＿＿＿＿＿＿＿＿＿＿＿＿＿。
　　　　かいがいりょこうほけん
　　　B：＿＿＿＿＿＿＿＿＿＿＿＿＿＿＿＿＿＿＿＿＿＿＿＿＿＿＿＿＿＿＿＿＿。

（8）A：ビデオカメラの使い方を小林さんから＿＿＿＿＿＿＿＿＿＿＿＿＿＿＿＿＿。
　　　　　　　　　　つか　かた　こばやし
　　　B：＿＿＿＿＿＿＿＿＿＿＿＿＿＿＿＿＿＿＿＿＿＿＿＿＿＿＿＿＿＿＿＿＿。

（9）A：旅行の日程を家族に＿＿＿＿＿＿＿＿＿＿＿＿＿＿＿＿＿＿＿＿＿＿＿＿。
　　　　にってい　かぞく
　　　B：＿＿＿＿＿＿＿＿＿＿＿＿＿＿＿＿＿＿＿＿＿＿＿＿＿＿＿＿＿＿＿＿＿。

（10）A：日本大使館の電話番号を＿＿＿＿＿＿＿＿＿＿＿＿＿＿＿＿＿＿＿＿＿＿。
　　　　 にほんたいしかん　でんわばんごう
　　　 B：＿＿＿＿＿＿＿＿＿＿＿＿＿＿＿＿＿＿＿＿＿＿＿＿＿＿＿＿＿＿＿＿＿。

練習5 〔T-14〕引っ越しの準備をしています。引っ越しは2日後です。「もう・いま・
　　　　　　ひこ　じゅんび　　　　　　　　　　　　　ふつかご
　　　　まだ」を使って書き換えてください。
　　　　　　　つか　かか

（例）きのう、電話会社に連絡して、電話を止めるように頼みました。
　れい　　　　がいしゃ　れんらく　　　　　　　と　　　　　　　たの
　　→　　もう、電話会社に連絡してあります。

（1）＿＿＿＿＿＿＿＿＿＿＿＿＿＿＿＿＿＿＿＿＿＿＿＿＿＿＿＿＿＿＿＿＿＿＿＿
（2）＿＿＿＿＿＿＿＿＿＿＿＿＿＿＿＿＿＿＿＿＿＿＿＿＿＿＿＿＿＿＿＿＿＿＿＿
（3）＿＿＿＿＿＿＿＿＿＿＿＿＿＿＿＿＿＿＿＿＿＿＿＿＿＿＿＿＿＿＿＿＿＿＿＿
（4）＿＿＿＿＿＿＿＿＿＿＿＿＿＿＿＿＿＿＿＿＿＿＿＿＿＿＿＿＿＿＿＿＿＿＿＿
（5）＿＿＿＿＿＿＿＿＿＿＿＿＿＿＿＿＿＿＿＿＿＿＿＿＿＿＿＿＿＿＿＿＿＿＿＿
（6）＿＿＿＿＿＿＿＿＿＿＿＿＿＿＿＿＿＿＿＿＿＿＿＿＿＿＿＿＿＿＿＿＿＿＿＿

ホテルは予約しておきました

3課 動詞・て形の応用（3）── 〜ておく

会話 T-15

鈴木さんが、斉藤部長の出張の準備をしています。

部　長：来週の出張の準備はできているかな。

鈴　木：はい、ホテルはきのう予約しておきました。

部　長：この荷物は、支社に送っておいてください。

鈴　木：はい、わかりました。

部　長：飛行機のチケットは、届いたら、机の上に置いておいてください。

鈴　木：はい。

この課で学ぶこと

「Ｖ（動詞）＋ておく」には２つの用法があります。

1. 準備・用意を表す ▶ 予約しておく

2. 今の状態を変えないで、そのまま放置することを表す ▶ そこに置いておく

準備を表す場合、「Ｖ＋ておく」は動作に、「Ｖ＋てある」は状態に注目しています。

3. 「Ｖ＋ておく」と「Ｖ＋てある」の違い

会話では、短くした言い方も使われます。

4. 会話でよく使われる「Ｖ＋とく」と「Ｖ＋どく」

1 ホテルの予約をしておきます
——準備・用意を表す

a. 部屋をきれいに掃除しておきなさい。

b. ゴミはもう出しておきました。

c. 洋服はハンガーに掛けておきますね。

d. 使った食器は洗っておいてね。

e. もう涼しくなったので、夏の服はしまっておき
ましょう。

ゴミはもう出しておきました。

■旅行の計画をしています。

鈴　木：紅葉のころ、京都は込みますよ。

上　田：では、早めにホテルの予約をしておきますね。

鈴　木：駅の南口に９時に集まりましょうか。

上　田：いいですよ。武井さんには、私から電話しておきます。

2 暑いですからエアコンはつけておいてください
——今の状態を変えないで、そのまま放置することを表す

a. コタツはつけておいてください。

b. 僕のことはほっておいてください。

c. テーブルの食器はそのままにしておいてください。

d. この書類、部長があとで見ますから、ここに置いて
おきます。

僕のことはほっておいてください。

■会社での会話。

武　井：会議室の書類、片づけておきましょうか。

木　村：あとでもう一度見るから、そこに置いておいてください。それから、ちょっと外
出するけど、エアコンはつけておいて。帰ってきたとき暑いから。

武　井：はい、わかりました。

3 あとで電話しておきます／もう電話してあります
── 「V＋ておく」と「V＋てある」の違（ちが）い

どちらも準備を表すが、「V＋ておく（エアコンをつけておく）」は動作（どうさ）に注目（ちゅうもく）しており、「V＋てある（エアコンがつけてある）」は状態（じょうたい）に注目している。

a. エアコンをつけておきました。／

　エアコンがつけてあります。

b. 布団（ふとん）をしいておきましょうか。／

　もう、しいてありましたよ。

c. ビザは申請（しんせい）してありますか。／

　はい、1週間前（しゅうかんまえ）に申請しておきました。

布団をしいておきましょうか。／
もう、しいてありましたよ。

■日本語学校（にほんごがっこう）で。坂本先生（さかもとせんせい）と学生（がくせい）が話（はな）しています。

坂　本：日本語能力試験（にほんごのうりょくしけん）の申（もう）し込（こ）みはしてありますか。

ラ　ン：はい、きのう、申し込んでおきました。

坂　本：申し込みの締（し）め切（き）りはあさってですよ。ジムさんに言（い）ってありますか。

ラ　ン：はい、今日（きょう）、電話しておきます。

4 僕（ぼく）が電話しとくよ
── 会話（かいわ）でよく使（つか）われる「V＋とく」と「V＋どく」

「V＋とく」は「V＋ておく」の短縮形（たんしゅくけい）、「V＋どく」は「V＋でおく」の短縮形。

a. あしたまでにこの本（ほん）、読（よ）んどかなきゃ（読んでおかなければ）。

b. 4時間目（じかんめ）の授業（じゅぎょう）の席（せき）とっといて（とっておいて）ね。

c. 僕のことはほっといて（ほっておいて）ください。

d. このチーズ、あと10日（とおか）くらい置（お）いとく（置いておく）ほうがおいしくなるんだって。

■大学（だいがく）で、健一（けんいち）が友達（ともだち）の宏（ひろし）と話しています。

健　一：欠席（けっせき）した人（ひと）に誰（だれ）が連絡（れんらく）する？

　宏　：チョウさんには、僕が電話しとくよ。

健　一：あした、4時間目の授業に出（で）るよね。

　宏　：わかってるよ。代返（だいへん）しとくから。

練習1　左右を線で結んで、文を完成させてください。

（1）もう子供じゃないんだから　　　・　　　・　a．ケーキを食べないでおこう。

（2）映画が始まる前に　　　　　　　・　　　・　b．ハンガーに掛けておいてね。

（3）もうすぐ晩ご飯だから　　　　　・　　　・　c．もう少し置いておこう。

（4）上着を脱いだら　　　　　　　　・　　　・　d．洗っておいてください。

（5）お皿を使ったら　　　　　　　　・　　　・　e．僕のことはほっといてください。

（6）メロンはまだ甘くなって　　　　・　　　・　f．トイレに行っておこう。
　　　いないから

練習2　次の会話の（　　　　）の中の動詞を「～ておく」の適当な形にしてください。

（1）恵　子：今日はゴミを出す日なの。

　　　和　夫：もう（出す →　　　　　　　　　　　　）よ。

（2）和　夫：だいぶ暖かくなってきたね。

　　　恵　子：冬の服はもう（しまう →　　　　　　　　　　　　）ましょうか。

（3）和　夫：きのう着た青いシャツ、どこにある？

　　　恵　子：ああ、あれならゆうべ（洗濯する →　　　　　　　　　　　　）わ。

（4）恵　子：この秋は、京都に旅行したいわね。

　　　和　夫：うん、じゃあ、早めに（予約する →　　　　　　　　　　　　）う。

（5）恵　子：最近、お酒の飲み過ぎじゃないの。

　　　和　夫：そうかもしれないな。今日は（飲まない →　　　　　　　　　　　　）う。

練習3　（　　　　）の中に、「おく」か「ある」の適当な形を書いてください。

（1）　母　：宿題はもうやったの？

　　　子　：うん、もう、やって（①　　　　　　　　　）よ。／

　　　　　　ううん、あとで、やって（②　　　　　　　　　）よ。

（2）部　長：ここに書いて（①　　　　　　　　　）数字、間違ってないかな。

　　　秘　書：すみません。すぐ直して（②　　　　　　　　　）ます。

（3）和　夫：暖かくなったので、コートはもういらないよ。

　　　恵　子：そう思って、先週しまって（　　　　　　　　）わ。

（4）坂　本：日本語能力試験の申し込みは、もう、して（①　　　　　　　　　）ますか。

　　　ラ　ン：はい。きのう、して（②　　　　　　　　　）ました。

　　　ジョン：はい。もう、して（③　　　　　　　　　）ます。

　　　サ　ハ：まだです。あしたまでにして（④　　　　　　　　　）ます。

（5）健　一：悪いけど、4時間目の授業、代返して（　　　　　　　　）くれないか。

　　　宏　：オーケー。

練習4 下の □ の中の言葉を「～ておく」「～てある」の適当な形に変えて（　　　）に書いてください。

（1）社　長：この書類、明日の会議で必要なんだが……。

　　　秘　書：はい、もう（　　　　　　　　　　）。

（2）娘　：お母さん、きのうの夜から虫歯が痛くて……。

　　　母　：じゃあ、学校から帰ったら歯医者に行きなさい。（　　　　　　　　　　）あげるから。

（3）アパートの住人：ゴミは何時ごろに出したらいいんですか。

　　　管理人：月水金の朝8時半までに（①　　　　　　　　　）ください。

　　　　　　　分別の仕方は、ここに（②　　　　　　　　　）から、よく読んでね。

（4）友人A：すごい円高だねえ。

　　　友人B：今のうちに、ドルを（　　　　　　　　　）といいね。

（5）夫　：コーヒーカップ片づけておこうか。

　　　妻　：まだ飲むから、そこに（　　　　　　　　　）。

（6）友人A：来週の日曜日は選挙だね。

　　　友人B：ああ、だからポスターが（　　　　　　　　　）んだね。

| 置く | 買う | 書く | コピーする | 出す | 張る | 予約する |
| お | か | か | | だ | は | よやく |

練習5 AさんとBさんが、留学生会館の新入生歓迎パーティーの司会をします。プログラムは下のように決まっています。準備しておくことは何ですか。2人が話し合う会話を「〜ておくを」使って作ってみましょう。

ウェルカム・パーティー

と き：20XX年10月XX日　午後7時から
ところ：留学生会館 集会室

＊＊＊【プログラム】＊＊＊

1. 開会のあいさつ（司会者）
2. 新入生の紹介（司会者）
3. 先輩留学生の歓迎のあいさつ
4. 留学生指導の先生のあいさつ
5. 乾杯（留学生会館長）
6. タイの留学生の踊り
7. 韓国の留学生の民族楽器演奏
8. アメリカの留学生の民謡独唱
9. 閉会のあいさつ（司会者）

（例）A： 私たちのうちのどちらが「開会のあいさつ」をしましょうか。

B： そうですね。コインで決めておきましょう。

A： 新入生の名前をメモしておきましょう。

B： それから、踊りや演奏の説明も考えておかなければなりませんね。

《ヒント》全体の時間配分、先生や先輩にあいさつを頼むこと、紹介や説明の原稿を作ること、など。

A：＿＿＿＿＿＿＿＿＿＿＿＿＿＿＿＿＿＿＿＿＿＿＿＿＿＿＿＿＿＿

B：＿＿＿＿＿＿＿＿＿＿＿＿＿＿＿＿＿＿＿＿＿＿＿＿＿＿＿＿＿＿

A：＿＿＿＿＿＿＿＿＿＿＿＿＿＿＿＿＿＿＿＿＿＿＿＿＿＿＿＿＿＿

B：＿＿＿＿＿＿＿＿＿＿＿＿＿＿＿＿＿＿＿＿＿＿＿＿＿＿＿＿＿＿

 T-20 日本の代表的な料理の一つ「すき焼き」を作ってみましょう。作り方
の説明を聞いて、下の文の空欄に「～ておく」の形を使って書いてください。

●すき焼きの作り方

（例）長ねぎを斜めに（　切っておく　）。

（1）白菜、春菊、えのきだけなどの野菜を、適当な大きさに（　　　　　　　　　　）。

（2）しいたけは、軸を（　　　　　　　　　）。

（3）焼き豆腐は8等分に（　　　　　　　　　）。

（4）牛肉と野菜を、お皿に（　　　　　　　　　）。

（5）こんぶとかつおぶしのだし汁を（　　　　　　　　　）。

（6）だし汁に、しょうゆ、みりん、日本酒を混ぜて、適当な味に（　　　　　　　　　　）。

シャッターを押してください

4課

動詞・て形の応用（4）── ～てください

会話　🔊 T-21

鈴木さんたちが集合写真を撮ろうとしています。

鈴　木：じゃ、この辺で写真を撮りましょうか。皆さん、集まってください。

上　田：あの人に撮ってもらいましょう。すみません。シャッターを押してください。

通行人：いいですよ。皆さん、もう少し真ん中に寄ってください。はい、チーズ！

上　田：あっ、目をつぶった。あのう、もう一枚撮ってください。

通行人：はい。じゃ、いいですか。こんどは目をつぶらないでくださいね。

この課で学ぶこと

動詞のて形に「ください」をつけて、ほかの人に何かをすることを頼む表現を勉強します。場合によっては「くださいませんか」を使ったほうがいいときもあります。

1.「V（動詞）＋てください」は、願いや要求を表す。　▶　皆さん、集まってください

2.「V＋ないでください」は、禁止の要求を表す。　▶　目をつぶらないでくださいね

3.「どうぞV＋てください」は、人に何かを勧めるときによく使う表現。　▶　どうぞ楽にしてください

会話では、「ください」の部分を省略することもあります。

4.「ください」の省略。　▶　その本、見せて

1 皆さん、集まってください
——「V＋てください」は、願いや要求を表す

a. 薬は食事のあとに飲んでください。

b. 車は駐車場に移してください。

c. 列の後ろに並んでください。

d. 開けるときはこのボタンを押してください。

e. プレゼント、誕生日まで開けないでください。

列の後ろに並んでください。

■山田さんはこれから出張に行きます。

山　田：羽田空港まで行ってください。

運転手：はい。承知しました。

山　田：運転手さん、もっと急いでください。

運転手：無理ですよ。後ろを見てください。パトカーがいるんです。

山　田：あっ、書類を忘れた！ すみません、引き返してください。

運転手：えーっ、ここ高速ですよ。

2 こんどは目をつぶらないでください
——「V＋ないでください」は、禁止の要求を表す

a. 靴のままあがらないでください。

b. お風呂の中で体を洗わないでください。

c. この本は持ち出さないでください。

d. 日曜日にはゴミを出さないでください。

e. 授業中にガムをかまないでください。

靴のままあがらないでください。

■山田さんと野上さんが美術館に来ています。

山　田：なんて美しい絵だ。どれ、記念に一枚！　（M）

館　員：あ、ここでは写真は撮らないでください！

山　田：このソファで一休みしますか。

野　上：そうですね。一服いかがですか。　（M）

館　員：すみません。たばこは吸わないでください！

山　田：いちいちそんなに怒らないでくださいよ。

③ どうぞ楽にしてください

—「どうぞ V ＋てください」は、人に何かを勧めるときによく使う表現

a. どうぞ奥の席にかけてください。
b. どうぞ、スプーンで召し上がってください。
c. どうぞ、この傘を使ってください。
d. どうぞ先に入ってください。
e. 私の部屋、どうぞ自由に使ってください。

■山田さんが恵子さんの家に来ました。

山 田：これ、つまらないものですが、どうぞ、召
　　　　し上がってください。

恵 　子：どうもありがとうございます。

恵 　子：どうぞ、楽にしてください。

山 田：はい、じゃあ失礼します。

山 田：じゃ、これで失礼します。

恵 　子：こんどはぜひ奥様とご一緒に遊びに来てくださいね。

どうぞ、この傘を使ってください。

④ 少し待って

—「ください」の省略。会話では、「ください」を省略することもある

a. 来週までに、この本読んで。
b. このスーツ買って。
c. ここで写真撮って。
d. この原稿、清書して。
e. 日本語の間違いを直して。

■教室で。生徒たちが話しています。

弘 美：消しゴム貸して。

純 　：うん、いいよ。

純 　：そのマンガ、読み終わったら見せて。

弘 美：少し待って。もうすぐ読み終わるから。

ここで写真撮って。

練習1　（　　　）の中の動詞を「～てください」の形にしてください。

（例）7時までに（来る　→　来てください　）。

（1）この薬は一日に3回（飲む　→　　　　　　　　　　　　）。

（2）すみません、つつんで、リボンを（つける　→　　　　　　　　　　　　）。

（3）さあ、写真を撮りますよ。（笑う　→　　　　　　　　　　　）。

（4）ちょっと高いですね。（安くする　→　　　　　　　　　　）。

（5）「社外秘」ですから、ほかの会社の人には（見せない　→　　　　　　　　　　　　）。

練習2　次の（1）～（5）は、美術館でのマナーです。下の　　　　の中から適当な動詞を選んで、適当な形にしてください。

（1）写真は＿＿＿＿＿＿＿＿＿ください。

（2）絵に＿＿＿＿＿＿＿＿＿ください。

（3）たばこは喫煙所で＿＿＿＿＿＿＿＿＿ください。

（4）美術館の中でお菓子を＿＿＿＿＿＿＿＿＿ください。

（5）大きい荷物はロッカーに＿＿＿＿＿＿＿＿＿ください。

| 見る | 吸う | 入れる | 撮る | 触る | 食べる | 走る |

練習3　木村さんの家に山田さんが遊びに来ました。右ページのa～dから適当なものを選んで（　　　）に入れ、会話を完成させてください。

（1）【ピンポーン♪♪】

　　山　田：山田です。

　　木　村：あっ、山田さん。（　　　　　　　）。

　　山　田：おじゃまします。

（2）山　田：（　　　　　　　）。

　　木　村：すみません。どうもありがとうございます。

（3）木　村（　　　　　　　　）。

　　山　田：はい、じゃあ失礼します。

（4）山　田：（　　　　　　　　）。

　　木　村：こんどは、ぜひ奥様と一緒に遊びに来てください。

```
    a．じゃ、これで失礼します

    b．どうぞ、楽にしてください

    c．これ、つまらないものですが、どうぞ、召し上がってください

    d．どうぞ、あがってください
```

練習4　　T-26　迷惑なことをする人たちがいます。CDを聞いて、「〜てください」「〜ないでください」を使って、注意してみましょう。

（例）ここは静かな住宅街にあるマンションです。

　　　今、夜中の1時です。でも、隣の部屋からカラオケの歌声が聞こえてきて眠れません。

　　・　眠れないので静かにしてください。

　　・　こんな時間にカラオケなんかしないでください。

（1）・＿＿＿＿＿＿＿＿＿＿＿＿＿＿＿＿＿＿＿＿＿＿＿
　　　・＿＿＿＿＿＿＿＿＿＿＿＿＿＿＿＿＿＿＿＿＿＿＿

（2）・＿＿＿＿＿＿＿＿＿＿＿＿＿＿＿＿＿＿＿＿＿＿＿
　　　・＿＿＿＿＿＿＿＿＿＿＿＿＿＿＿＿＿＿＿＿＿＿＿

（3）・＿＿＿＿＿＿＿＿＿＿＿＿＿＿＿＿＿＿＿＿＿＿＿
　　　・＿＿＿＿＿＿＿＿＿＿＿＿＿＿＿＿＿＿＿＿＿＿＿

（4）・＿＿＿＿＿＿＿＿＿＿＿＿＿＿＿＿＿＿＿＿＿＿＿
　　　・＿＿＿＿＿＿＿＿＿＿＿＿＿＿＿＿＿＿＿＿＿＿＿

（5）・＿＿＿＿＿＿＿＿＿＿＿＿＿＿＿＿＿＿＿＿＿＿＿
　　　・＿＿＿＿＿＿＿＿＿＿＿＿＿＿＿＿＿＿＿＿＿＿＿

今日中にやってしまいます
きょう じゅう

5課 動詞・て形の応用（5）── 〜てしまう
どうし けい おうよう

会話 T-27

鈴木さんが残業しています。
すずき ざんぎょう

上 田：忙しそうですね。
うえ だ いそが

鈴 木：あさってまでの仕事がまだ終わらないんです。
しごと お

上 田：じゃあ、あしたの映画の試写会、一緒に行くのは無理ですね。
えい が し しゃかい いっしょ い む り

鈴 木：えっ、いえ、大丈夫です。残業して、今日中にやってしまいます。
だいじょう ぶ きょうじゅう

翌朝。
よくあさ

鈴 木：係長、先日の書類、できあがりました。
かかりちょう せんじつ しょるい

岡 田：本当にもうやってしまったの？ いつもギリギリになってしまうのに。
おか だ ほんとう

この課で学ぶこと

「V（動詞）＋てしまう」には３つの用法があります。

1. 完成・完了を表す ▶ 宿題は、もうやってしまいました
   かんせい かんりょう あらわ しゅくだい
2. 後悔・失望を表す ▶ 大切な時計を落としてしまった
   こうかい しつぼう たいせつ とけい お
3. 無意識の行動を表す ▶ ついお辞儀をしてしまった
   む いしき こうどう じ ぎ

会話では、短縮形がよく使われます。
かい わ たんしゅくけい つか

4. 「V＋てしまう」「V＋でしまう」の短縮形

028

1　今日中にやってしまいます
——完成・完了を表す

a. パーティーは1時間前に終わってしまいました。

b. 早く食べてしまいなさい。

c. レポートは、きのう、もう書いてしまいました。

d. その雑誌は先週読んでしまいました。

e. その本はもうほかの人が借りてしまいました。

レポートは、きのう、もう
書いてしまいました。

■隆と真由美がデートしています。

隆　　：ごめん、遅くなって。

真由美：本当に遅いわよ。映画が始まってしまうわ。　（F）

真由美：注文、早く決めてしまいなさいよ。店の人が待っているわよ。　（F）

隆　　：でも、AコースもBコースも、どっちもおいしそうなんだよな。　（M）

2　いつもギリギリになってしまうのに
——後悔・失望を表す

a. 大切な本にコーヒーをこぼしてしまった。

b. 朝寝坊して、遅刻してしまいました。

c. スキーで足を骨折してしまってね。

d. 見てはいけないものを見てしまった。

e. 恋人が外国に留学してしまった。

大切な本にコーヒーをこぼしてしまった。

■山田さんがタクシー会社に電話しています。

山　田：すみません。タクシーの中に書類を
　　　　忘れてしまったようなんですが。

従業員：どんな書類ですか。タクシーのナンバーはわかりますか。

従業員：もしもし、書類の忘れ物はないそうです。

山　田：そうですか。どこか別のところに落としてしまったんですね。

3　ついお辞儀してしまうんです
——無意識の行動を表す

「つい」は、「Ｖ＋てしまう」とよく一緒に使われる。

a. 上司につい口ごたえしてしまうんです。

b. 父をつい老人扱いしてしまって、よくないね。

c. 体に悪いとわかっていても、ついたばこを吸ってしまいます。

d. ゴキブリを見て、思わず悲鳴をあげてしまった。

ついお辞儀してしまうんです。

■電話をしていた母を見て、息子の健一が話しています。

健　一：お母さん、なんで電話で話しているのに、お辞儀しているの？

恵　子：だって、習慣で、ついお辞儀してしまうんだもの。　（F）

4　つい長話しちゃった
——「Ｖ＋てしまう」「Ｖ＋でしまう」の短縮形

会話でよく使われる表現。「Ｖ＋ちゃう」は「Ｖ＋てしまう」の、「Ｖ＋じゃう」は「Ｖ＋でしまう」の短縮形。

a. ああ、バスが行っちゃう。

b. あ、誰かに傘を間違えられちゃった。

c. 目覚まし時計かけるの、忘れちゃった。

d. 父さんのウイスキー、飲んじゃったよ。

ああ、バスが行っちゃう。

■家に帰った夫が、妻に話しています。

和　夫：電話が通じなかったぞ。　（M）

恵　子：ごめんなさい。久しぶりだったから、つい長話しちゃったの。　（F）

■会社で、上司と部下が話しています。

木　村：鈴木くん、どうしたの。眠そうだね。

鈴　木：さっき、間違えて、風邪薬を飲みすぎちゃったんです。

5課　ドリル

練習1　（　　　）の中の動詞を「〜てしまう」の適当な形にしてください。

（例）パーティーは1時間前に（ 終わる → 終わってしまい ）ました。

（1）A：映画を見に行くんですか。レポートは大丈夫ですか。
　　　B：ええ、きのうもう（ 書く → 　　　　　　　　　 ）ました。

（2）A：この雑誌、おもしろかったですよ。貸してあげましょうか。
　　　B：ありがとうございます。でも、それは先週（ 読む → 　　　　　　　 ）ました。

（3）A：元気がないですね。どうしたんですか。
　　　B：朝寝坊して、（ 遅刻する → 　　　　　　　 ）ました。

（4）A：松葉杖を使っているんですか。
　　　B：ええ、スキーで足を（ 骨折する → 　　　　　　 ）んです。

（5）A：今日から、オフィスでは禁煙になったんですよ。
　　　B：あ、そうでした。つい（ 吸う → 　　　　　　 ）ました。

練習2　（　　　）に入る動詞を下の □ の中から選び、「〜ちゃう」というカジュアルな形にしてください。

（例）A：ダイエットしてるの？
　　　B：うん。3キロも（ 太っちゃった ）の。

（1）A：顔色、悪いよ。
　　　B：うん、きのうの晩、ウイスキーを（ 　　　　　　　 ）んだ。

（2）A：宝くじ、どうだった。
　　　B：だめ、また（ 　　　　　　　 ）。

（3）A：撮りますよ。はい、チーズ！
　　　B：あっ、目を（ 　　　　　　　 ）。もう一枚お願いします。

（4）あっ、急いで。ああ、バスが（ 　　　　　　　 ）。

（5）【ガチャン!!】 あっ。また、お皿を（ 　　　　　　　 ）。

行く　　つぶる　　割る　　太る(例)　　飲みすぎる　　はずれる

練習3 性格診断テストです。STARTから始めて、 1 ～ 6 の番号まで進んでみましょう。
①～⑧の動詞は「～てしまう」の形に変えてください。

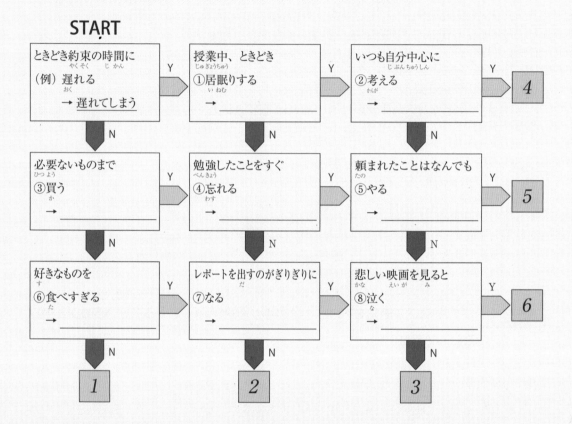

START

ときどき約束の時間に
（例）遅れる
　　→ 遅れてしまう
　　　　　　　　　Y →

授業中、ときどき
①居眠りする
　　→ _____
　　　　　　　　　Y →

いつも自分中心に
②考える
　　→ _____
　　　　　　　　　Y → 4

N ↓　　　　　　N ↓　　　　　　N ↓

必要ないものまで
③買う
　　→ _____
　　　　　　　　　Y →

勉強したことをすぐ
④忘れる
　　→ _____
　　　　　　　　　Y →

頼まれたことはなんでも
⑤やる
　　→ _____
　　　　　　　　　Y → 5

N ↓　　　　　　N ↓　　　　　　N ↓

好きなものを
⑥食べすぎる
　　→ _____
　　　　　　　　　Y →

レポートを出すのがぎりぎりに
⑦なる
　　→ _____
　　　　　　　　　Y →

悲しい映画を見ると
⑧泣く
　　→ _____
　　　　　　　　　Y → 6

N ↓　　　　　　N ↓　　　　　　N ↓

1　　　　　　2　　　　　　3

【あなたの性格】

番号	性　　格	番号	性　　格
1	あなたは自己管理がしっかりできます。リーダーとして活躍するでしょう。	4	あなたは自分に正直な人です。ただし、周りの人のことも大切にしましょう。
2	あなたは真面目で勉強家です。でも、何事もやりすぎに注意しましょう。	5	あなたはユニークな人です。友達も多いでしょう。でも、無理は禁物です。
3	あなたは一見クールですが、自分に甘いところもあります。友達を大切に。	6	あなたは繊細で優しい人です。しかし、時には合理的に考えることも必要です。

練習4 山田さんは夜ふかししたために、次の日にいろいろ失敗してしまいました。
（　　　）に入る動詞を下の □ の中から選び、「～てしまう」と「～ちゃう」
の両方の形にしてください。

前の晩、3時までビデオを見ていたので、（① 　　　　　　　／ 　　　　　　　）って、

会社には（② 　　　　　　　／ 　　　　　　　）し、

あまり急いだので、書類を家に（③ 　　　　　　　／ 　　　　　　　）し、

走って会社に行ったので、途中で財布を（④ 　　　　　　　／ 　　　　　　　）し、

仕事が終わらず、残業したので、終電に（⑤ 　　　　　　　／ 　　　　　　　）し……。

ああ、二度と夜ふかしはしないぞ。

落とす	遅刻する	寝坊する	乗り遅れる	忘れる

練習5 🔊 T-32 CDの話を聞いて、「～してしまった」の文を作ってください。

（1）レポートは＿＿＿＿＿＿＿＿＿＿＿＿＿＿＿＿＿＿＿＿＿＿＿＿＿＿＿。

（2）レポートを家に＿＿＿＿＿＿＿＿＿＿＿＿＿＿＿＿＿＿＿＿＿＿＿＿＿。

（3）妹に借りた＿＿＿＿＿＿＿＿＿＿＿＿＿＿＿＿＿＿＿＿＿＿＿＿＿＿。

（4）妹と＿＿＿＿＿＿＿＿＿＿＿＿＿＿＿＿＿＿＿＿＿＿＿＿＿＿＿＿＿。

（5）おいしそうなので、つい＿＿＿＿＿＿＿＿＿＿＿＿＿＿＿＿＿＿＿＿＿。

様子を見てきます
ようす　み

6課

動詞・て形の応用（6）—— 〜てくる・〜ていく
どうし　けい　おうよう

会話 🔊 T-33

岡田さんと木村さんが道を歩いています。
おかだ　　きむら　　　みち　ある

岡　田：あの車、ずいぶんとばしていきますね。
　　　　　くるま

木　村：あ、ガードレールにぶつかった。

岡　田：ちょっと様子を見てきます。
　　　　　　　ようす　み

木　村：じゃ、私は救急車を呼びますね。
　　　　　わたし　きゅうきゅうしゃ　よ

岡　田：（顔がだんだん青ざめてきたぞ……）しっかりしてください。
　　　　　かお　　　　　　あお

この課で学ぶこと

「Ｖ（動詞）＋てくる」「Ｖ＋ていく」には４つの用法があります。「Ｖ＋てくる」は「来る」（そこに
　　　どうし　　　　　　　　　　　　　　　　　　ようほう　　　　　　　　　　　　　　く
向かう）、「Ｖ＋ていく」は「行く」（そこから離れる）という意味を含んでいます。ここで使われ
　　　　　　　　　　　　　　　　い　　　　　　はな　　　　　　　　　い み　ふく　　　　　　　つか
る動詞は、動作を表す動詞です。
　どうし　　どうさ　あらわ　どうし

1. 連続した動作を表す　▶　買ってくる（＝買ってから来る）／買っていく（＝買ってから行く）
　　れんぞく　　　どうさ　あらわ
2. 同時に起こる動きを表す　▶　歩いてくる（＝歩きながら来る）／歩いていく（＝歩きながら行く）
　　どうじ　お　　うご　あらわ
3. また元の場所に戻ること表す　▶　呼んでくる（＝呼んでから戻ってくる）
　　　もと　ばしょ　もど
4. 状態の変化を表す
　　じょうたい　へんか

034

1 私が彼女を誘っていきます

——連続した動作を表す。「～してから来る／行く」の意味

a. 出社前にシャンプーしていきます。
b. 私は駅で新聞を買っていきます。
c. 先方にはいつも電話をしていきます。
d. 田中さんは、今から本屋に寄ってくるそうです。
e. チンさんは、インドとタイを調査してきました。

出社前にシャンプーしていきます。

■会社で、忘年会の相談をしています。
佐 藤：悪いけど、忘年会の予定をたててみて。
山 田：あ、それは鈴木さんが書いてきます。
佐 藤：上田さんは来られる？
山 田：大丈夫ですよ。私が彼女を誘っていきますから。

2 あの車、ずいぶんとばしていきますね
——同時に起こる動きを表す。「～しながら来る／行く」の意味

a. 男の人がすごい勢いで走ってきます。
b. そのあとをお巡りさんが追いかけてきました。
c. 子供たちは手をあげて横断歩道を渡っていきました。
d. 今日はタクシーに乗っていこう。
e. こんどは、お子さんも連れてきてください。

あの車、ずいぶんとばしていきますね。

■家で、夫と妻が話しています。
恵 子：今日、宮島さんという人が訪ねてきましたよ。
和 夫：え、そうなの。学生時代の友達なんだ。
　　　　久しぶりに会いたかったなあ。
和 夫：今日は車に乗っていくよ。　（M）
恵 子：じゃあ、あの荷物持っていって。

3 ちょっと様子を見てきます

—また元の場所に戻ること表す。「〜してから戻ってくる」の意味

a. お弁当を買ってきます。

b. 駅員さんを呼んできてください。

c. 次のバスの時刻を聞いてきます。

d. 雨が降ってきたから、洗濯物入れてきて。

e. ちょっと買い物に行ってきてくれない？

お弁当を買ってきます。

■大学で、隆が山川教授と話しています。

隆　　：図書室で本を借りてきます。

山　川：じゃ、ついでにこの資料のコピーをとってきて。

山　川：ちょっと昼ご飯を食べてくるよ。　（M）

隆　　：その間に、このレポートをまとめておきます。

4 顔がだんだん青ざめてきた
T-37

—状態の変化を表す

「Ｖ＋てくる」は過去から現在に向かっての変化、「Ｖ＋ていく」は現在から未来に向かっての変化を表す。

a. 物価が上がってきましたね。

b. 働く女性が増えてきました。

c. 地球がだんだん温暖化してきているそうですね。

d. これからどんどん寒くなっていきますね。

e. 東京一極集中は今後ますます進んでいきます。

これからどんどん
寒くなっていきますね。

■散歩の途中で、ご近所の人と話しています。

木　村：アパートやマンションが増えてきましたね。

谷　　：きっと、土地が高いせいですよ。

木　村：町並みがどんどん変わっていきますね。

谷　　：ここは昔、何があったんでしたっけ？

練習1　（　　　）の中に、「いく」か「くる」の適当な形を書いてください。

（1）A：キムさん、お茶飲みに行きませんか。

　　　B：ええ、いいですね。ミゲルさんも誘って（　　　　　　　）ましょう。

（2）A：ロジャーさん、レポート、もう出した？

　　　B：あっ、家に忘れて（　　　　　　　）ちゃった。

（3）A：社長の来週のスケジュール、わかりますか。

　　　B：いいえ。秘書の太田さんに聞いて（　　　　　　　）ます。

（4）A：働く女性が増えて（①　　　　　　　）ましたね。

　　　B：ええ、これからはもっと増えて（②　　　　　　　）と思いますよ。

（5）A：疲れちゃった。

　　　B：じゃあ、タクシーに乗って（　　　　　　　）ましょう。

練習2　下の　□　の中から適当な動詞を選んで、「～てくる」か「～ていく」の形にして、和夫さんにいろいろ用事を頼んでみましょう。

和　夫：ちょっとたばこを買ってくる。

恵　子：ついでに、ベランダに置いてある粗大ゴミを（ 例：持っていって ）。

和　夫：いいよ。

恵　子：それから、この手紙を（①　　　　　　　）。

和　夫：わかった。

恵　子：あっ、そうそう。クリーニングができてるから、ついでに（②　　　　　　　）。

和　夫：うん。預かり証は？

恵　子：はい、これ。それから本屋さんで、この雑誌の今月号（③　　　　　　　）。

和　夫：はい、はい。

恵　子：悪いけど、ついでにポチも散歩に（④　　　　　　　）。

和　夫：えー！　しょうがない。じゃあ、行ってくるよ。

恵　子：行ってらっしゃい。7時に夕飯だから、それまでに（⑤　　　　　　　）ね。

連れる	買う	取る	帰る	持つ(例)	出す

下の ▢ の中から適当なものを選んで、適当な形にして（　　　）の中に書い
てください。

（例）A：こんどは「すばる」を歌おうかな。

　　　B：さっきから君ばかり歌っ（　ている　）じゃないか。

（1）A：専門は何ですか。

　　　B：物理学を勉強し（　　　　　　　　　　）。

（2）A：今日は先生がうちにいらっしゃるのよ。

　　　B：そうか。それじゃ、部屋を片づけ（　　　　　　　　　　）う。

（3）A：一緒に食事しない？

　　　B：あっ、ごめん。さっき食べ（　　　　　　　　）んだ。

（4）A：地下鉄で行きましょうか。

　　　B：駅一つだから、歩い（　　　　　　　　　）ましょう。

（5）タクシーの乗客：すみません。そこの角を右に曲がっ（　　　　　　　　　　　）。

　　　タクシーの運転手：次の角ですね。わかりました。

（6）A：デビッドさん、遅いですね。

　　　B：そうですね。ちょっと呼ん（　　　　　　　　　）ね。

（7）A：奥さんは転勤のこと知っているんですか。

　　　B：ええ、妻にはもう話し（　　　　　　　　　）。

（8）A：ゴミは前の日に出さない（　　　　　　　　　　）。

　　　B：すみません。

（9）A：また、二日酔いですか。

　　　B：ええ、きのうも、つい飲みすぎ（　　　　　　　　　　）んです。

（10）A：あーっ、おなかがすいた。今、何時ですか。

　　　B：もう12時過ぎ（　　　　　　　　）よ。

| ている　　　てある　　　ておく　　　てください |
| てしまう（ちゃう）　　　てくる　　　ていく |

| 練習4 | 下のグラフを見てください。Aは「日本の出生数」、Bは「日本の離婚率」、Cは「日本の携帯電話とPHSの契約数」を示しています。グラフを見ながら、文を作ってみましょう。「～てきました」「～ていくでしょう」を使ってください。 |

（例）Aのグラフ：

・出生数は、1975年ごろから　　<u>減ってきました</u>　。

（1）Aのグラフ：

・出生数は、これから＿＿＿＿＿＿＿＿＿＿＿＿＿＿＿＿＿＿＿＿＿。

・＿＿＿＿＿＿＿＿＿＿＿＿＿＿＿＿＿＿＿＿＿＿＿＿＿＿＿＿＿＿

（2）Bのグラフ：

・離婚率は、1960年ごろから＿＿＿＿＿＿＿＿＿＿＿＿＿＿＿＿＿＿。

・＿＿＿＿＿＿＿＿＿＿＿＿＿＿＿＿＿＿＿＿＿＿＿＿＿＿＿＿＿＿

（3）Cのグラフ：

・携帯電話・ＰＨＳの契約数は、1995年から＿＿＿＿＿＿＿＿＿＿＿＿。

・＿＿＿＿＿＿＿＿＿＿＿＿＿＿＿＿＿＿＿＿＿＿＿＿＿＿＿＿＿＿

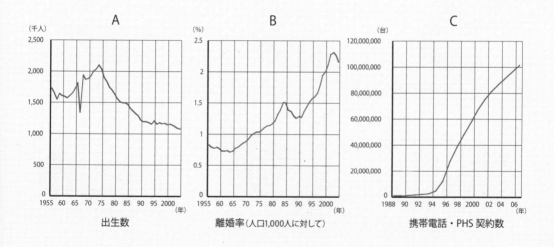

出生数

離婚率（人口1,000人に対して）

携帯電話・PHS 契約数

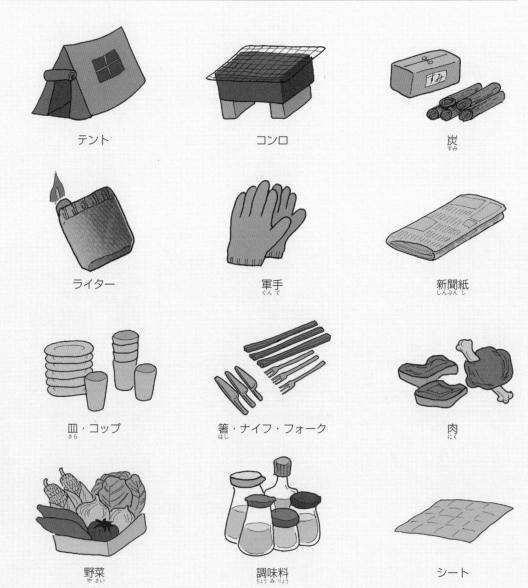
名前（なまえ）	持っていくもの
大沢（おおさわ）	
村野（むらの）	
浅田（あさだ）	
ユン	

テント　　　　　　　コンロ　　　　　　　炭（すみ）

ライター　　　　　　軍手（ぐんて）　　　新聞紙（しんぶんし）

皿・コップ（さら）　箸・ナイフ・フォーク（はし）　肉（にく）

野菜（やさい）　　　調味料（ちょうみりょう）　　シート

ワインは冷やしてあるよ

自動詞・他動詞
<small>じどうし たどうし</small>

会話 T-39

和夫さんと恵子さんの結婚記念日です。
<small>かずお けいこ けっこんきねんび</small>

和　夫：ただいま、ああ、おなかが減った。

恵　子：おかえりなさい。今日はあなたの好きなイタリア料理よ。
<small>きょう りょうり</small>

和　夫：いいねえ。じゃ、ワインだ。ワインは**冷えてる**かな。
<small>ひ</small>

恵　子：もちろん、**冷やしてある**わよ。　（F）
<small>ひ</small>

和　夫：グラスも**出ている**ね。
<small>で</small>

恵　子：**出しておいた**わ。ところで今日は何の日だと思う？　（F）
<small>だ なん ひ おも</small>

和　夫：僕たちの結婚記念日だよね。さあ、乾杯しよう。
<small>ぼく かんぱい</small>

この課で学ぶこと

自動詞は対象を表す「～を」を必要としない動詞、他動詞は「～を」
<small>たいしょう あらわ ひつよう</small>
を必要とする動詞です。自動詞と他動詞は、「落ちる／落とす」「閉
<small>お お</small>
まる／閉める」のように、対応しているものがたくさんあります。
<small>たいおう</small>
自動詞と他動詞の形の違いを知って、ペアで覚えましょう。
<small>かたち ちが</small>
しかし、同じ形で自動詞と他動詞になる動詞もあるので注意してく
<small>おな ちゅうい</small>
ださい。　▶ 風が吹く（自動詞）／笛を吹く（他動詞）
<small>かぜ ふ ふえ ふ</small>

	自動詞	他動詞
1	-aru	-eru
2	-u	-eru
3	-reru	-su
4	-u	-asu
5	-ru	-su
6	-iru	-osu

1 　集まる atsumaru → 集める atsumeru

——自動詞の -aru の部分が、他動詞では -eru に変化する

集まる／集める　atsumaru/atsumeru

・会費が集まります。／会費を集めます。

たまる／ためる　tamaru/tameru

・私、お金が百万円たまったわ。（Ｆ）／
一生懸命、倹約してためたんでしょ。

固まる／固める　katamaru/katameru

・もうゼリーは固まりましたか。／
今、冷蔵庫で固めています。

会費が集まります。／会費を集めます。

決まる／決める　kimaru/kimeru

・今日から、社内では禁煙に決まりました。／ええっ、誰が決めたんですか。

2 　届く todoku → 届ける todokeru

——自動詞の -u の部分が、他動詞では -eru に変化する

届く／届ける　todoku/todokeru

・荷物が届きます。／荷物を届けます。

そろう／そろえる　sorou/soroeru

・これで必要な書類が全部そろいました。／
きのう、秘書がそろえてくれたんです。

進む／進める　susumu/susumeru

・プロジェクトは進んでいますか。／
はい、どんどん進めています。

荷物が届きます。／荷物を届けます。

開く／開ける　aku/akeru

・お店は何時に開きますか。／平日は12時、休日は10時に開けます。

育つ／育てる　sodatsu/sodateru

・ランはなかなか上手に育ちませんね。／ランを育てるのは、むずかしいですよね。

3　壊れる kowareru → 壊す kowasu　T-42
──自動詞の -reru の部分が、他動詞では -su に変化する

壊れる／壊す　kowareru/kowasu
・車が壊れました。／車を壊しました。

崩れる／崩す　kuzureru/kuzusu
・先週の台風で崖が崩れました。／
　崖を崩して、何を作るんですか。

流れる／流す　nagareru/nagasu
・川からきれいな水が流れてきます。／
　天ぷらの油を流してはいけません。

倒れる／倒す　taoreru/taosu
・雷で大木が倒れてしまいました。／革命が起きて、政府を倒したそうです。

汚れる／汚す　yogoreru/yogosu
・ここが汚れてるよ。／大切な本だから汚さないでね。

車が壊れました。／車を壊しました。

4　飛ぶ tobu → 飛ばす tobasu　T-43
──自動詞の -u の部分が、他動詞では -asu に変化する

飛ぶ／飛ばす　tobu/tobasu
・紙飛行機がぜんぜん飛びません。／
　紙飛行機を飛ばしましょう。

もる／もらす　moru/morasu
・天井から水がもっていますよ。／
　すみません、子供がおしっこをもらしちゃって。

減る／減らす　heru/herasu
・欧米では子供の数が減っています。／
　中国では子供を減らす政策をとっています。

乾く／乾かす　kawaku/kawakasu
・洗濯物はもう乾きましたか。／乾燥機で乾かしましょう。

紙飛行機がぜんぜん飛びません。／
紙飛行機を飛ばしましょう。

5 　帰る kaeru → 帰す kaesu
——自動詞の -ru の部分が、他動詞では -su に変化する

帰る／帰す　kaeru/kaesu

・もう帰ります。／もう帰してください。

治る／治す　naoru/naosu

・けがは治りましたか。／

　治すために、毎日リハビリしています。

移る／移す　utsuru/utsusu

・もっとよく見える席に移りましょう。／

　この度、本社を大阪から東京に移しました。

もう帰ります。／もう帰してください。

6 　降りる oriru → 降ろす orosu
——自動詞の -iru の部分が、他動詞では -osu に変化する

降りる／降ろす　oriru/orosu

・乗客が降ります。／荷物を降ろします。

落ちる／落とす　ochiru/otosu

・試験に落ちてしまいました。（学生）／

　欠席が多いので、落としました。（先生）

滅びる／滅ぼす　horobiru/horobosu

・こうしてローマ帝国は滅びました。／

　源氏は平家を滅ぼしました。

乗客が降ります。／荷物を降ろします。

起きる／起こす　okiru/okosu

・私は毎朝早く起きます。／毎朝、娘を7時に起こします。

練習1 （　　　）の中に、下の □ の中の自動詞・他動詞のペアを適当な形にして入れてください。

（例）A：最近、世界の切手を（① 集めて ）いるんです。
　　　B：そうなんですか。何枚くらい（② 集まり ）ましたか。

（1）A：窓が（①　　　　　　　　）いて、寒いんですけど……。
　　　B：すみません。空気を入れ換えるために、（②　　　　　　　　）あるんです。

（2）A：あーあ、おもちゃが（①　　　　　　　　）ちゃった！
　　　B：ごめん、でも、わざと（②　　　　　　　　）たんじゃないよ。

（3）A：最近、そちらの会社、社員の数が（①　　　　　　　　）ましたね。
　　　B：ええ、リストラで社員を（②　　　　　　　　）いるんです。

（4）A：ケーキ、私の分、（①　　　　　　　）おいてね。
　　　B：大丈夫よ。まだたくさん（②　　　　　　　　）いるから。

（5）A：おや、その自転車、（①　　　　　　　）ちゃったのか。
　　　B：違うよ。はじめから（②　　　　　　　　）いたんだよ。

（6）A：すみません。お借りしたタオルをこんなに（①　　　　　　　　）ちゃって。
　　　B：かまいませんよ。（②　　　　　　　　）たら、洗えばいいんですから。

（7）A：週末のパーティー、風邪が（①　　　　　　　　）たら、ぜひ来てね。
　　　B：うん、それまでに（②　　　　　　　　）とくわ。

（8）A：このビール、まだあまり（①　　　　　　　）ないみたいですね。
　　　B：ほんとだ。もうちょっと（②　　　　　　　　）おいたほうがいいですね。

（9）A：あしたの朝、何時に（①　　　　　　　）ますか。
　　　B：7時かな。もし（②　　　　　　　）いなかったら、（③　　　　　　　）くださいね。

（10）お金って、（①　　　　　　　　）ようと思わないと、（②　　　　　　　　）ないものだな。

集まる・集める(例)	減る・減らす	起きる・起こす	壊れる・壊す
残る・残す	開く・開ける	汚れる・汚す	治る・治す
冷える・冷やす	たまる・ためる	倒れる・倒す	

練習2 次のマンガを見て、（ 　　 ）に〔 　　 〕の動詞のうち適当なほうを選び、
　　　　正しい形にして入れてください。

（1）作戦 〔 落ちる・落とす 〕

女：あら、すてきな人。　男：あっ、ハンカチが　女：よし、ハンカチを　女：あれっ、もういない。
　　　　　　　　　　　　　　　（①　　　　　）よ。　（②　　　　　）ぞ。

（2）母は賢い 〔 消える・消す 〕

母：勉強したの？　母：本当？　　　　　子：あれ、（①　　　　）　子：お母さんが
子：やったやった。　子：ほんとほんと。　　　　　ちゃった。　　　　（②　　　　）たんだろ！
　　　　　　　　　　　　　　　　　　　　　　　　　　　　　　　　　　　母：さあね。

（3）お皿が…… 〔 割れる・割る 〕

ウエイター：あっ。　ウエイター：すみません。　マスター：（②　　　　）　ウエイター：どうせ
　　　　　　　　　　お皿が（①　　　　）　たんじゃなくて、　　　　　怒られるんだから
　　　　　　　　　　ちゃいました　　　　　（③　　　　）たん　　　　（④　　　　）ちゃえ！
　　　　　　　　　　　　　　　　　　　　　だろ！

練習3 （　　　）に適当な動詞を入れて、A・Bの会話を完成させてください。

（例）A：荷物がまだ（　届い　）てないんですけど。

　　　B：あっ、申し訳ございません。至急、お届けします。

（1）A：洗濯物はもう（　　　　　　　）ましたか。

　　　B：ええ、さっき乾燥機で乾かしました。

（2）A：おはよう。あ、今朝来たら窓が開いていたよ。気をつけてね。

　　　B：えっ、そうですか。おかしいな。私はきのうの帰りに閉めましたから、あとで

　　　　誰かが（　　　　　　　　）たのかなあ。

（3）A：お金をコツコツためることだけが、私の楽しみなのよ。

　　　B：そうなの。じゃあ、もうかなり（　　　　　　　）たでしょう。

（4）A：あっ、あそこに電柱が（　　　　　　　　）ているよ。危ないね。

　　　B：うん。あの車がぶつかって倒したんだよ、きっと。

（5）A：悟、お兄ちゃん起こしてきて。

　　　B：えーっ、いやだな。だってお兄ちゃん、いつもなかなか（　　　　　　　　）な

　　　　いんだもん。

練習4 🎧 T-46 （1）〜（5）を聞いて、A・Bに使われている動詞の辞書形を書き、それが自動詞か他動詞か選んでください。

（例）A：上田さんが忘年会の会費を集めました。

　　　B：いくら集まりましたか。

　　　→　A：＿集める＿（自動詞・⟨他動詞⟩）　B：＿集まる＿（⟨自動詞⟩・他動詞）

（1）A：＿＿＿＿＿＿＿（自動詞・他動詞）　　B：＿＿＿＿＿＿＿（自動詞・他動詞）

（2）A：＿＿＿＿＿＿＿（自動詞・他動詞）　　B：＿＿＿＿＿＿＿（自動詞・他動詞）

（3）A：＿＿＿＿＿＿＿（自動詞・他動詞）　　B：＿＿＿＿＿＿＿（自動詞・他動詞）

（4）A：＿＿＿＿＿＿＿（自動詞・他動詞）　　B：＿＿＿＿＿＿＿（自動詞・他動詞）

（5）A：＿＿＿＿＿＿＿（自動詞・他動詞）　　B：＿＿＿＿＿＿＿（自動詞・他動詞）

いくらまで下ろせますか

8課 可能形
かのうけい

会話 🔊 T-47

留学生のリンダさんが、銀行の窓口で聞いています。
りゅうがくせい　　　　　　　ぎんこう　まどぐち　き

リンダ：すみません。この口座で、キャッシュカードを**作れますか**。
　　　　　　　　　　　こうざ　　　　　　　　　　　　　つく

銀行員：はい、**作れます**。
ぎんこういん

リンダ：キャッシュカードでいくらまで**下ろせますか**。
　　　　　　　　　　　　　　　　　　お

銀行員：一度に50万円まで**引き出せます**。
　　　　いちど　まんえん　　　ひ　だ

リンダ：カードはここで**受け取れますか**。
　　　　　　　　　　　　　う　と

銀行員：郵便で**お送りします**。
　　　　ゆうびん　おく

この課で学ぶこと

「（書く→）書ける」「（話す→）話せる」などは、動詞の可能形といいます。「する」の可能形は「で
か　　　　　　　　　はな　　　　　　　　　　　　　　どうし
きる」です。可能形には、次のような用法があります。
　　　　　　　　　　　　つぎ　　　　ようほう

1. 何かをする能力があることを表す ▶ パソコンが使えます
なに　　　のうりょく　　　　　　あらわ　　　　　　　つか

2. 何かをすることができる状態にあることを表す ▶ クレジットカードが使えますか
　　　　　　　　　　　　　じょうたい　　　　　　あらわ　　　　　　　　　　　　つか

3. 許可（「してもいい」）や禁止（「してはいけない」）を表す ▶ このマンションでは、ペットは
きょか　　　　　　　　　きんし　　　　　　　　あらわ
飼えません
か

これらの意味は、動詞の可能形だけでなく、「～ができる」「～することができる」という形でも表
い み　　　　どうし　　　　　　　　　　　　　　　　　　　　　　　　　　　　　かたち　　　あらわ
すことができます。

1 パソコンが使えます

——何かをする能力があることを表す

a. 500メートル泳げます。

b. 人前ではうまく話せません。

c. どんなリズムでも合わせて踊れますよ。

d. 鳥は空を自由に飛べて、いいなあ。

泳げます。／泳げません。

■新入生歓迎会のパーティーで話しています。

健　一：サハさん、一曲歌ってください。

サ　ハ：日本の歌は歌えないんです。ビートルズでもいいですか。

健　一：サハさん、どうですか、一杯。　（M）

サ　ハ：いえ、結構です。ぜんぜん飲めないんです。

健　一：お刺し身は食べられますか。

サ　ハ：いえ、生の魚はだめです。

2 キャッシュカードが作れますか

——何かをすることができる状態にあることを表す

a. クレジットカードが使えますか。

b. 水が汚くて泳げません。

c. この電車でアルプスの頂上まで行けます。

d. 未成年はお酒を買えないんです。

e. 日本の水道の水はどこでも飲めます。

泳げます。

■教室で、友達に聞いています。

ラ　ン：東京から大阪まで何時間で行くことができますか。

　隆　：新幹線なら3時間で行けます。

ラ　ン：飛行機ならどのくらいで行けますか。

　隆　：たった40分ですよ。

泳げません。

3 図書館の前に車はとめられません T-50
―― 許可（「してもいい」）や禁止（「してはいけない」）を表す

a. このクラブは誰でも入ることができます。

b. この保険はいつでもやめられます。

c. このアパートではペットは飼えません。

d. こちら側は遊泳禁止で泳げません。

e. 20歳になるまでは、お酒は飲めません。

泳げます。／泳げません。

■図書館で話しています。

宏　　：ここ、禁煙だよね。

健　一：向こうに喫煙コーナーがあるから、そこで吸えるよ。

宏　　：土曜日の夜は何時まで利用できますか。

館　員：9時までです。

練習1 図書館での会話です。（　　　　）の中の動詞を可能形に変えて、会話を完成させてください。

隆　　：すみません。車、しばらく図書館の前にとめておいてもいいでしょうか。

館　員：いえ、図書館の前は（① とめる →　　　　　　　　）ません。

隆　　：この資料をコピーしたいんですが……。

館　員：貴重な資料なので、コピーは（② する →　　　　　　　　）ません。

隆　　：この部屋でたばこを（③ 吸う →　　　　　　　　）ますか。

館　員：いいえ、ここは禁煙ですから、喫煙コーナーで吸ってください。

隆　　：何冊まで（④ 借りる →　　　　　　　　）ますか。

館　員：5冊までです。

練習2 下の　□　の中から適当な動詞を選んで、可能形を使って書いてください。

（1）A：一緒にプールに行きませんか。

　　　B：すみません。僕はかなづちで、全然（　　　　　　　　）んです。

（2）A：パラボラアンテナをつけたんですか。

　　　B：ええ。衛星放送が（　　　　　　　　）ようになりました。

（3）A：日本は自動販売機が多いですね。

　　　B：ええ、自動販売機でたばこやお酒まで（　　　　　　　　）んですよ。

（4）A：スピーチ、お願いします。

　　　B：すみません。人前ではうまく（　　　　　　　　）んです。

（5）A：このマンションでは、犬は（　　　　　　　　）んですか。

　　　B：ええ、小型犬なら大丈夫ですよ。

（6）A：最近は、飛行機に乗るとき、検査が厳しいそうですね。

　　　B：ええ、化粧品のびんなども（　　　　　　　　）ことがあるんですよ。

（7）A：このセーター、洗濯機で（　　　　　　　　）かしら。

　　　B：縮むといけないから、クリーニングに出したほうがいいよ。

見る	買う	歌う	話す	洗う	飼う
使う	書く	走る	泳ぐ	持ち込む	

練習3 [　　　] には下の □ の中から適当な言葉を選んで書き、（　　　）の動詞は可能形に変えて、文章を完成させてください。

（例）あの酒屋は24時間営業ですから、[　いつでも　] 飲み物が（買う → 買えます）。

（１）東京の生活に慣れましたから、一人で [　　　　　　　]（行く →　　　　　　　）。

（２）飲み放題ですから、[　　　　　　　]（飲む →　　　　　　　）。

（３）特に嫌いなものはありません。刺し身でも納豆でも、[　　　　　　　]（食べる →　　　　　　　）。

（４）留学生なら [　　　　　　　] ここの本を（借りる →　　　　　　　）。

（５）私はベッドでも布団でも電車の中でも、[　　　　　　　]（眠る →　　　　　　　）。

| 誰でも | 何杯でも | どこででも | 何でも | どこへでも | いつでも(例) |

練習4 下の □ の中の動詞を適当な形に変えて（　　　）に入れ、会話を完成させてください。同じものを２回使ってもかまいません。

【コンビニで】

隆　：お弁当、（①　　　　　　　）か。

店　員：はい、（②　　　　　　　）。すぐに温めますので、少々お待ちください。

隆　：あ、お金が足りない。あのう、ここで、南北銀行の預金を（③　　　　　　　）か。

店　員：すみません。うちは、南北銀行は扱ってないんです。

隆　：うーん、困ったなあ。あ、じゃあ、このカードは（④　　　　　　　）か。

店　員：いいえ、これは（⑤　　　　　　　）。

隆　：じゃあ、こっちのカードは？

店　員：あ、これなら大丈夫です。

隆　：ああ、よかった。じゃあ、飲み物とデザートも買っていこう。

店　員：ありがとうございました。

| 使う | 温める | 冷やす | 下ろす | 入れる |
| 買う | 食べる | 貯金する | 払う | |

🎧 T-51 CDのAさんの言葉を聞いて、Bさんの答えを考えてください。下の注意書きから適当なものを選んで「　　」に入れ、可能形を使って、文の続きを考えてください。

◆注意書き

立入禁止 （芝生の中に入っては いけません）	通行止め （この道は通れません）	準備中 （店はまだ開いて いません）	ペンキ塗りたて^(例) （ペンキを塗った ばかりです）
遊泳禁止 （ここで泳いでは いけません）	土足厳禁 （靴を脱いでください）	自転車放置禁止 （ここに自転車を 置かないでください）	禁煙 （たばこを吸っては いけません）

（例）A：このベンチに座って話しませんか。

　　　B：あ、「　ペンキ塗りたて　」と書いてありますよ。

　　　　　そのベンチは、ペンキを塗ったばかりなので、座れませんよ。

（1）あ、「　　　　　　　」と書いてありますよ。

_____

（2）あ、「　　　　　　　」って書いてあるよ。

_____

（3）あ、「　　　　　　　」と書いてありますよ。

_____

（4）あ、「　　　　　　　」と書いてありますよ。

_____

（5）あ、「　　　　　　　」と書いてありますよ。

_____

（6）あ、「　　　　　　　」って書いてあるよ。

_____

（7）あ、「　　　　　　　」って書いてあるよ。

_____

居眠りされました
受け身形

会話 🎧 T-52

山川教授と川村教授が、最近の大学生について話しています。

山　川：最近の学生には、ひどいのが多いですね。

河　村：本当にね。僕は教室で**居眠りされちゃって**……。

山　川：それならいいほうですよ。僕なんか授業中に**出ていかれました**よ。

河　村：それは確かにひどいですね。

山　川：**呼ばれても**、返事もしないのもいるんですよ。

河　村：学生に**喜ばれる**ような授業をしなくちゃいけないのかなあ。

▌▌ この課で学ぶこと

「AがBをなぐる」という文を、Bを主語にして言うと「BがAになぐられる」となります。ある動作や作用について、影響を受ける人や物を主語にした文が「受け身形の文」です。動詞を受け身形にして使います。日本語では、主語を言わないで受け身形で表現することがよくあります。

1. 直接的な受け身 ▶ 先生にほめられました
2. 間接的な受け身 ▶ 電車で足を踏まれました
3. 迷惑な気持ちを表す受け身 ▶ 突然、雨に降られました
4. 無生物を主語とする受け身 ▶ 会議が開かれます

054

1 最初にお菓子をすすめられたんです

T-53

——直接的な受け身

動作や作用を受けた人の立場で言う。

a. 山田さんに映画に誘われました。

b. 伊藤くんの引っ越しの手伝いを頼まれました。

c. 先生にほめられました。

d. あの政治家はみんなに嫌われています。

先生にほめられました。

■留学生が茶の湯について話しています。

ジョン：先週の土曜、茶の湯に招待されたんですって？

リンダ：ええ、でも作法がわからなくて、困りました。

リンダ：まず、最初にお菓子をすすめられたんです。

ジョン：お菓子の食べ方にも作法があるんですか。

2 今朝、電車で足を踏まれました
T-54

——間接的な受け身

体の一部や持ち物が動作・作用を受けたときに言う。「被害を受けた」という感じがある。

a. 電車のドアに手をはさまれてしまいました。

b. けんかして歯を3本折られちゃった。

c. 道で車に泥をはねかけられた。

d. 美容院で髪を短く切られてしまいました。

■家で、夫と妻が話しています。

和　夫：きのう、部長に肩をたたかれてね。

恵　子：え、まさかクビではないんでしょうね。

和　夫：いや、ゴルフのお誘いだったんだ。　（M）

髪を短く切られてしまいました。

恵　子：隣の奥さん、海外旅行でお財布を盗まれたんですって。　（F）

和　夫：やっぱり、海外旅行では持ち物に気をつけないといけないね。　（M）

3 突然、雨に降られました
――迷惑な気持ちを表す受け身

a. 乗ろうとしていたバスに行かれてしまいました。

b. ゆっくり読書しようと思っていたら、友達に遊びに来られました。

c. 明け方、猫に鳴かれて目が覚めてしまいました。

d. 大切なブランデーを息子に飲まれてしまいました。

e. バーゲンでセーターを先に買われてしまいました。

バーゲンでセーターを先に
買われてしまいました。

■月曜日に会社で、日曜日の出来事について話しています。

山　田：きのうのゴルフはいかがでしたか。

岡　田：それが、突然、雨に降られちゃってね。

山　田：ドライブはどうだった？

鈴　木：帰りに彼女に居眠りされちゃって、ちょっと悲しかったよ。　（M）

4 本日の国会で発表されます
――無生物を主語とする受け身

ニュースや新聞などの報道文でよく使われる。

a. 予算審議会は明日から開かれます。

b. 首相の政策が本日の国会で発表される。

c. 内閣不信任案が衆議院に提出されました。

憲法改正反対のデモが行われました。

■テレビのニュースです。

アナウンサー：憲法記念日の今日、憲法改正反対の
　　　　　　　デモが行われました。

アナウンサー：野党は法案成立に強硬に反対すると
　　　　　　　見られています。

練習1 （　　　）の中の動詞を、受け身を表す形にしてください。

（例）真由美さんは森くんにデートに（ 誘った → 　誘われた ）そうですよ。

（1）電車の中で女性に足を（ 踏む → 　　　　　　　 ）ちゃってね。

（2）この本は若い人の間でよく（ 読んでいる → 　　　　　　　 ）みたいだね。

（3）日本語の作文を先生に（ ほめました → 　　　　　　　 ）。

（4）勉強しようと思っていたのに、友達に（ 遊びに来た → 　　　　　　 ）んです。

（5）消費税のアップには、野党側が強硬に反対すると（ 見る → 　　　　　　 ）ています。

練習2 それぞれの人が言った内容を、〔　　　〕の動詞の受け身形を使って書き換えてください。

（例）鈴　木：上田さん、こんどの土曜日に一緒に映画に行きませんか。〔誘う〕

　　→上田さんは、__鈴木さんに映画に誘われました__　。

（1）先　生：ランさん、クラスに遅れないでくださいね。〔注意する〕

　　→ランさんは、_____。

（2）岡　田：大切なウイスキーを息子が飲んでしまったんだ。〔飲む〕

　　→岡田さんは、_____。

（3）山　田：明け方、隣の家の赤ん坊が泣いて、目が覚めてしまいました。〔泣く〕

　　→山田さんは、明け方_____て、

　　目が覚めてしまいました。

（4）リンダ：ジョンさん、引っ越しの手伝いをお願いします。〔頼む〕

　　→ジョンさんは、_____。

（5）先　生：日本では、4月に入学式を行います。〔行う〕

　　→日本では、入学式は_____。

練習3 鈴木さんの「いやだなあ」という気持ちを表す文章です。（　　　）に、下の
□ の中から適当な動詞を選び、受け身形に変えて書いてください。

【鈴木さんの不運な一日】

今日は本当にツイてない一日だったなあ。

傘を持たないで家を出たら、途中で雨に（①　　　　　　　　　）て濡れてしまうし、

バス停では1分違いで、バスに（②　　　　　　　　）てしまうし、

電車では、ドアに手を（③　　　　　　　）てしまった。

会社の会議では、説明しているときに、社長に気持ちよさそうに（④　　　　　　　）て

しまうし、部長には途中で部屋を（⑤　　　　　　　）てしまうし……。

こんな日は、早く寝てしまおう。

行く	居眠りする	出ていく	はさむ	降る	流れる

練習4 次の文は、ニュースや新聞で使われる報道文です。下の □ の中から適当な動
詞を選び、適当な形に変えて（　　　）に書いてください。

（1）世界環境会議は、本日午後2時から（　　　　　　　　）ます。

（2）卓球の試合を生中継しています。今日の福原選手はあまり調子がよくないようです。
　　あ、中国の選手にスマッシュを（　　　　　　　　）ました。

（3）今日の国会で、総理は野党から多くのことを（①　　　　　　　　）、明確な返事をす
　　るように（②　　　　　　　）ました。しかし、総理からは、はっきりした説明は
　　ありませんでした。

（4）地球規模の温暖化が進んでいます。この海岸には水温の変化に順応できなかった魚
　　たちがたくさん（　　　　　　　）ています。

（5）九州の小さな無人駅では、電車に乗れなかった乗客が、駅のホームに数多く
　　（　　　　　　　）てしまいました。鉄道会社の説明によれば、電車の入り口付近に
　　乗客が立ち止まった結果で、「詰めれば乗れた」ということです。

取り込む	打ち込む	求める	質問する
打ち上げる	取り残す	開催する	

練習5 ⊘ T-57 日本は狭いようですが、いろいろな地方があります。CDでは、日本の
南の端にある「沖縄」の特徴を話しています。この中で使われている受け身形を
書き出し、その辞書形も書いてください。

（例）（　　　作られ　　　）→（　作られる　）→（　作　る　）

（　　　　　　　　　）→（　　　　　　　）→（　　　　　　　）
（　　　　　　　　　）→（　　　　　　　）→（　　　　　　　）
（　　　　　　　　　）→（　　　　　　　）→（　　　　　　　）
（　　　　　　　　　）→（　　　　　　　）→（　　　　　　　）
（　　　　　　　　　）→（　　　　　　　）→（　　　　　　　）
（　　　　　　　　　）→（　　　　　　　）→（　　　　　　　）
（　　　　　　　　　）→（　　　　　　　）→（　　　　　　　）
（　　　　　　　　　）→（　　　　　　　）→（　　　　　　　）

10課 何でもさせています

使役形・使役受け身形

会話 T-58

会社で、新婚の山田さんが残業をしています。

部　長：君の上司の岡田くんは厳しいから、毎日残業させられて大変だね。

山　田：いや、それほどでもありません。

部　長：でも、君はたしか新婚だろう。奥さんをあまりさびしがらせてはいけないよ。

山　田：妻には好きなことを何でもさせていますので、大丈夫です。

部　長：とにかく、今日は早く帰りなさい。

山　田：（言いにくそうに）あのう、実は、もう怒らせちゃって、妻は実家に帰ってしまったんです。

この課で学ぶこと

AがBに指示を出して何か行動をさせるという意味を表すのが使役形です。

1. 立場が上の人が下の人に指示を出して行動させるときの使役形 ▶ 部下を出張に行かせた

2. 人をそのままにしておく、放任するときの使役形 ▶ 泣きたいだけ泣かせておこう

3. 望みや要求を遠慮ぎみに言うときの使役形 ▶ 次は私に歌わせてください

4. 受け身と一緒に使われる使役形 ▶ 出張させる→出張させられる

1 弟を買い物に行かせた T-59
──立場が上の人が下の人に指示を出して行動させるときの使役形

a. 忘年会では、彼女に一番はじめに**歌わせた**よ。

b. 妹は疲れているようなので、早く**休ませました**。

c. 療養中なので、妻に年賀状を**代筆させた**んです。

d. 偏食を直すために、子供に嫌いなものを無理やり**食べさせた**ものです。

嫌いなものを無理やり食べさせた。

■会社で、部長と話しています。

部　長：明日の展示会には、鈴木を手伝いに**行かせる**よ。　（M）

佐　藤：ありがとうございます。本当に助かります。

佐　藤：部長、会議の資料は山田に**作らせます**。

部　長：そうか、じゃ、頼むよ。　（M）

2 言いたいだけ言わせておこう T-60
──人をそのままにしておく、放任するときの使役形

a. 怒りたいだけ**怒らせて**おけ。

b. 本人の行きたい大学に**行かせ**ましょう。

c. やりたいように**やらせ**よう。

d. 疲れているのだから、寝たいだけ**寝かせて**おこう。

e. まだ若いんだから、好きに**させ**よう。

やりたいようにやらせよう。

■会社で、上司と部下が話しています。

鈴　木：山田さん、また奥さんの自慢をしていますよ。

木　村：新婚なんだから、言いたいだけ**言わせて**おけよ。

■居酒屋で、上司と部下が話しています。

鈴　木：もう帰りましょうよ。飲み過ぎですよ。

木　村：あしたは休みなんだから**飲ませて**くれよ。

3 柄は私に選ばせてね
——望みや要求を遠慮ぎみに言うときの使役形

a. 次は私におごらせて（ください）ね。
b. 部長、その仕事はぜひ私にさせてください。
c. お母さん、今夜は私に料理させて（ください）。
d. その荷物、持たせて（ください）。
e. こんどは私にスピーチさせてください。

私に料理させて。

■友達同士が話しています。

隆　　：この車、運転しやすいよ。　（M）
真由美：こんど、私にも運転させて。

真由美：わー、このマンガおもしろい！
隆　　：僕にも読ませろよ。　（M）

4 毎日残業させられて大変だね
——受け身と一緒に使われる使役形

「迷惑だ」という気持ちが含まれている。

a. 下手なのにカラオケで歌わされてしまいました。
b. 新入社員の歓迎会では、飲みたくないのにビールを飲まされた。
c. きのうは、彼女の家まで送らされたよ。
d. 子供に高いゲーム機を買わされてね。
e. 部長の代わりに得意先に年始のあいさつに行かされました。

下手なのに歌わされた。

■クラブの部室で、部員が話しています。

小　山：松田先輩って人使いが荒いよね。いつも、荷物を持たされるんだ。
伊　東：僕は、ユニフォームを洗わされるよ。
小　山：きのうは試合が始まるまでさんざん待たされたね。
伊　東：その間にいやというほど練習させられたよね。

10課　ドリル

練習1　下線の動詞を、使役形→使役受け身形の順に書いてください。使役受け身形が2つあるものは、2つとも書いてください。

（例）ケーキを作る　　→　（　作らせる　）→（　作らせられる・作らされる　）

（1）お皿を洗う　　　→　（　　　　　　）→（　　　　　　　　　　　　）

（2）たくさん食べる　→　（　　　　　　）→（　　　　　　　　　　　　）

（3）荷物を持つ　　　→　（　　　　　　）→（　　　　　　　　　　　　）

（4）駅で待つ　　　　→　（　　　　　　）→（　　　　　　　　　　　　）

（5）無理やりやめる　→　（　　　　　　）→（　　　　　　　　　　　　）

練習2　太郎くんのお母さんは教育熱心です。（　　　）の中の動詞を、使役形か使役受け身形の適当な形にしてください。

【太郎くんのお母さんの話】

うちでは太郎を週3日、塾に（①通う→　　　　　　　）ています。
健康のためにスイミングスクールにも（②行く→　　　　　　）ているし、
ピアノも（③習う→　　　　　　）ているんです。
目によくないですから、ゲームは（④する→　　　　　　）ていませんよ。
もちろん、マンガも（⑤読む→　　　　　　）ていません。
今は大変でも、みんな太郎のためなんです。

【太郎くんから一言】

あーあ、いやになっちゃうな。

月・水・金曜日は、塾に（⑥通う→　　　　　　）ているし、
土曜日はスイミングスクール、火曜日はピアノに（⑦行く→　　　　　　）ているし、
遊ぶ時間が全然ないよ。
僕はまだ10歳だよ。
お母さん、たまにはマンガも（⑧読む→　　　　　　）て！

お願い！

練習3 下の □ の中から適当な動詞を選んで、使役形か使役受け身形にして書いてください。

（例）木　村：もしもし、木村です。今、駅に着きました。
　　　友　人：そうですか。じゃあ、すぐ弟を迎えに（　行かせ　）ます。

（1）近所の人：あれ、太郎くん、学校へ行かなかったの？
　　　太郎の母：風邪をひいて熱があるようなので、（　　　　　　　　）たの。

（2）山　田：田中さん、嫌いなものは全然ないんですか。
　　　田　中：ええ、小さいころに母親に何でも（　　　　　　　　）ましたから。

（3）恵　子：もう11時よ。健一、まだ起きてないの？
　　　和　夫：うん、そうとう疲れているようだから、寝たいだけ（　　　　　　　　）ておこう。

（4）部　長：鈴木くん、どうだね。この仕事してみるかね。
　　　鈴　木：はい、部長。ぜひ私に（　　　　　　　　）てください。

（5）上　田：清水さん、どうしたの？　声が変よ。
　　　清　水：うん、きのうの夜、カラオケに行ってね。部長に何曲も（　　　　　　　　）たんだよ。

行く(例)　　歌う　　寝る　　食べる　　する　　休む

練習4 あなたに子供ができました。将来、その子を（1）～（4）のような職業につかせたいと思います。あなたはこれから子供に何をさせたらいいでしょう。例を参考にして答えてください。

（例）学校の先生
　　　・いろいろなことを勉強させます。　　　　・大学の教育学部に行かせます。
　　　・外でたくさん遊ばせます。　　　　　　　・教員試験を受けさせます。
　　　・いろいろな経験をさせます。

（1）医者
いしゃ
- _____
- _____
- _____
- _____

（2）俳優
はいゆう
- _____
- _____
- _____
- _____

（3）水泳の選手
すいえい　せんしゅ
- _____
- _____
- _____
- _____

（4）ケーキ屋さん
や
- _____
- _____
- _____
- _____

練習5　🔊 T-63 いろいろな人が不満を言っています。それぞれの会話の中から使役形
「～させる」と使役受け身形「～させられる」を聞き取って書き出してください。

（1）①使役形　　　：_____
　　　②使役受け身形：_____
（2）①使役形　　　：_____
　　　②使役受け身形：_____
（3）①使役形　　　：_____
　　　②使役受け身形：_____

お歳暮、何あげようか

11課 授受動詞 —— あげる・もらう・くれる

会話 🎧 T-64

和夫さんが恵子さんと、お歳暮に何を贈るか考えています。

和　夫：岡田さんにお歳暮、何あげようか。

恵　子：ウイスキーをさしあげてはどうかしら。　（F）

和　夫：去年、岡田さんには何もらった？

恵　子：たしか日本酒をいただいたわよ。　（F）

和　夫：今年は何をくれるかな。

恵　子：きっとまた日本酒をくださるわよ。　（F）

この課で学ぶこと

「あげる」と「もらう」は、何かを与えるとき
と受け取るときの表現です。相手が目上の人か
目下の人か、誰が主語になるかで、使う動詞が
変わります。（右図参照）

　1.「あげる」と「もらう」の使い方

　2.「もらう」と「くれる」の使い方

　3. 与えるときの「やる・あげる・さしあげる」

　4. 受け取るときの「もらう・くれる・いただ
　　く・くださる」

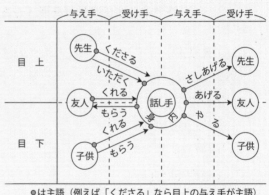

●は主語（例えば「くださる」なら目上の与え手が主語）

1 山田さんに宝くじを10枚もらった／そのうち5枚を鈴木さんにあげた

—— 「あげる」と「もらう」の使い方

a. 山田さんにジャンボ宝くじを10枚もらったんだ。

b. その宝くじのうち、5枚を鈴木さんにあげたんだ。

c. 部長には3枚さしあげたら、お返しに映画の切符をいただいたよ。

d. 残りの2枚のうち1枚を息子にやったんだ。

e. そしたら、なんと最後の1枚が当たって、100万円もらっちゃったよ。

山田さんに宝くじを
10枚もらった

■会社で、社員が話しています。

木村：この間、君にあげた本、もう読んだ？

佐藤：あ、君にもらった本ねえ。まだ読む暇がなくて……。

秘書：先ほど、社長からの新築祝いを課長に差し上げておきました。

社長：ご苦労さま。

そのうち5枚を
鈴木さんにあげた。

課長：社長、先ほどは、新築祝いをいただき、ありがとうございました。

2 私は山田さんにもらいました／山田さんは私にくれました

—— 「もらう」と「くれる」の使い方

a. 木村さんに新作DVDをもらいました。／
木村さんが新作DVDをくれました。

b. お医者さんに、よく効く薬をいただきました。／
お医者さんが、よく効く薬をくださいました。

■会社で上司に、あいさつしています。

鈴木：この間は、お見舞いの果物をいただき、ありがとうございました。そのうえ、お手紙までくださり、恐縮しております。

私は山田さんにもらいました。／
山田さんは私にくれました。

3 斉藤部長にさしあげました／岡田さんにあげました  T-67
―――与えるときの「やる・あげる・さしあげる」

a. 恋人に手編みのセーターをあげた。
b. 大山さんの退職記念に画集をさしあげた。
c. 今日、金魚に餌をやった？
d. 私が留守の間、花に水をやるのを忘れないでね。　（F）

■卒業式のあとで、学生たちが話しています。

学生A：この本、記念に君にあげるよ。　（M）

学生B：ありがとう。大事にするよ。

後　輩：先輩、ご卒業おめでとうございます。

先　輩：ありがとう。このグローブ、君にやるよ。　（M）

学　生：先生、お世話になりました。クラスのみんなから、
　　　　これをさしあげたいと思います。

先　生：ありがとう。大切にするよ。

斉藤部長にさしあげました。

岡田さんにあげました。

4 斉藤部長にいただきました／岡田さんにもらいました  T-68
―――受け取るときの「もらう・くれる・いただく・くださる」

a. 友達が漢字辞典をくれた。／先生が漢字辞典をくださった。
b. 山田くんからテニスのボールをもらった。／
　　部長からゴルフのボールをいただいた。
c. 木村くんに年賀状をもらった。／部長に年賀状をいただいた。

■贈り物について、夫と妻が話しています。

恵　子：新築祝いに岡田さんから（に）傘立てをもらった
　　　　のよ。　（F）

和　夫：部長からは（には）掛け軸をいただいたよ。／
　　　　部長は、掛け軸をくださったよ。

恵　子：今日のお昼はそうめんね。お隣がくださったの。　（F）

和　夫：そうか。そう言えば、毎年そうめんをくれるね。　（M）

斉藤部長にいただきました。

岡田さんにもらいました。

練習1 次の文の（　　　）の中に、下の □ の中から最も適当な動詞を選んで、適当な形にしてください。

（例）恵　子：妹がきのう、おいしいりんごをたくさん（　くれた　）のよ。

　　　和　夫：それはよかったね。

（1）後　輩：去年、先輩に（①　　　　　　　）ノート、とても役立っています。

　　　先　輩：そうか。君にノートを（②　　　　　　　）んだったね。

（2）和　夫：吉岡くんにお歳暮、何（①　　　　　　　）ようか。

　　　恵　子：この間、部長に（②　　　　　　　）ウイスキーと同じでいいんじゃない。

（3）真由美：わあ、すてきな腕時計ね。

　　　隆　：これ、兄に（　　　　　　　）んだ。

（4）　隆　：君の時計もいいじゃないか。

　　　真由美：入学祝いに先生に（　　　　　　　）の。

（5）真由美：今晩のナイターの切符、1枚余ってるんだけど……。

　　　隆　：じゃあ、僕に（　　　　　　　）ないか。

（6）　A　：この万年筆、いいだろ。

　　　B　：うん、すごく高そうだけど、どうしたの。

　　　A　：社長が（　　　　　　　）んだ。先月、営業成績がよかったから。

（7）弟　：あ、お兄ちゃん、新しいグローブだね、いいな。

　　　兄　：誕生日に、お父さんに（①　　　　　　　）んだ。だから、古いのはお前
　　　　　　に（②　　　　　　　）よ。

くれる	もらう	あげる	やる
さしあげる	くださる	いただく	

練習2 人に品物やお金をあげる・もらう場合を考えてみましょう。

（1）日本では表にあるようなときに品物やお金をあげます。〔　　　〕の言葉を使って文を作りましょう。あげるものは自由に変えてかまいません。

（例）〔お正月　もらう〕　→　お正月に、子供はお父さんにお年玉をもらいました。

〔バレンタインデー　あげる〕　→　バレンタインデーに、女性は男性にチョコレートをあげます。

	あげるとき	例えばこんな物をあげます	あげる人	もらう人
1月	お正月	お年玉（お金）	お父さん、お母さん	子供
2月14日	バレンタインデー	チョコレート	女性	男性
4月	入学祝い	お金	親戚のおばさん	私
5月第2日曜	母の日	カーネーション	子供	お母さん
6月第3日曜	父の日	ネクタイ	子供	お父さん（私）
7月	お中元	食べ物	会社	取引先の人
9月	敬老の日	和菓子	子供、孫	お年寄り
12月	クリスマス	おもちゃ	お父さん、お母さん	子供（私）
12月	お歳暮	食べ物	私	お世話になった先生
お父さんの誕生日		ネクタイ	家族のみんな	お父さん

① 〔お正月　やる〕　＿＿＿＿＿＿＿＿＿＿＿＿＿＿＿＿＿＿

② 〔バレンタインデー　もらう〕　＿＿＿＿＿＿＿＿＿＿＿

③ 〔入学祝い　くださる〕　＿＿＿＿＿＿＿＿＿＿＿＿＿＿＿

④ 〔母の日　あげる〕　＿＿＿＿＿＿＿＿＿＿＿＿＿＿＿＿＿

⑤ 〔父の日　くれる〕　＿＿＿＿＿＿＿＿＿＿＿＿＿＿＿＿＿

⑥ 〔お中元　いただく〕　＿＿＿＿＿＿＿＿＿＿＿＿＿＿＿＿

⑦ 〔敬老の日　もらう〕　＿＿＿＿＿＿＿＿＿＿＿＿＿＿＿＿

⑧ 〔クリスマス　くれる〕　＿＿＿＿＿＿＿＿＿＿＿＿＿＿＿

⑨ 〔お歳暮　さしあげる〕　＿＿＿＿＿＿＿＿＿＿＿＿＿＿＿

⑩ 〔お父さんの誕生日　あげる〕　＿＿＿＿＿＿＿＿＿＿＿＿

（2）では、あなたの国では、どんなときに、誰が誰にどんなものをあげますか。あなたの国の習慣を報告してください。

_____

_____

_____

練習3 🎧 T-69 会話を聞いて、「誰が誰に何をあげたか」「誰が誰に何をもらったか」
（　　　）に書いてください。

（例）【木村さんと佐藤さんの会話】

　木　村：佐藤くん、この間あげた本ね。

　佐　藤：ああ、この間の本ね。

　木　村：どうだった？　もう読んだ？

　佐　藤：あ、いや、まだなかなか読む暇がなくて……。

　　→　木村さんは佐藤さんに（ ① 本をあげた ）。

　　　　佐藤さんは木村さんに（ ② 本をもらった ）。

（1）【清水さんと赤井さんの会話】

　　→　清水さんは赤井さんに（ ①　　　　　　　 ）。

　　　　赤井さんは清水さんに（ ②　　　　　　　 ）。

（2）【夫婦の会話】

　　→　夫は妻に（ ①　　　　　　　 ）。

　　　　妻は夫に（ ②　　　　　　　 ）。

（3）【親子の会話】

　　→　父は息子に（ ①　　　　　　　 ）。

　　　　息子は父に（ ②　　　　　　　 ）。

（4）【姉と弟の会話】

　　→　中井さんは弟に（ ①　　　　　　 ）。

　　　　弟は中井さんに（ ②　　　　　　 ）。

夫がよく手伝ってくれます

12課

授受補助動詞 ── 〜てあげる・〜てもらう・〜てくれる
じゅじゅほ じょどうし

会話 T-70

恵子さんが、近所の島田さんと話しています。
けいこ　　　　きんじょ　しまだ　　　　はな

恵　子：奥さん、お子さんもいらっしゃるのに、ずっと働いていらしてご立派ですね。
　　　　おく　　こ　　　　　　　　　　　　　　　　　はたら　　　　　　　　　りっぱ

島　田：そんな、立派だなんてとんでもない。夫が家事をよく手伝ってくれますし、
　　　　　　　　　りっぱ　　　　　　　　　　　おっと　かじ　　　　てつだ

　　　　早く帰ったときは子供をお風呂に入れてもらいます。
　　　　はや　かえ　　　　　こども　　ふろ　　い

恵　子：お子さんの保育園のお迎えなんか、どうしていらっしゃるんですか。
　　　　　こ　　　　ほいくえん　　むか

島　田：実は、隣の川上さんのお子さんも同じ保育園なので、うちの子も一緒に送り
　　　　じつ　　となり　かわかみ　　　　こ　　　　おな　　　　　　　　　　　こ　いっしょ　おく

　　　　迎えしてくださってるんですよ。
　　　　むか

恵　子：そうなんですか。ご夫婦でお出かけのときは、うちで預かってあげますよ。
　　　　　　　　　　　　　　ふうふ　　で　　　　　　　　　　　　　あず

この課で学ぶこと

動詞のて形に「あげる・もらう・くれる」「さしあげる・いただく・くださる」「やる」をつけると、
どうし　　けい

行為や恩恵を与えたり、受け取ったりする意味が含まれます。11課の「あげる」「もらう」と同じで、
こうい　おんけい　あた　　　　　う　と　　　　　いみ　ふく　　　　　　　　　　　　　　　　　　おな

相手が目上の人か目下の人か、誰が主語になるかで、使う動詞が変わります。
あいて　めうえ　ひと　めした　　　だれ　しゅご　　　　　つか　　　　か

　1.「V（動詞）＋てあげる」と「V＋てもらう」の使い方
　　　　どうし　　　　　　　　　　　　　　　　　　かた

　2.「V＋てもらう・ていただく・てくれる・てくださる」の使い方

　3. 与えるときの「V＋てやる・てあげる・てさしあげる」

　4. 受け取るときの「V＋てもらう・てくれる・ていただく・てくださる」

072

1 　山田さんに資料を届けてもらった／別の資料を、鈴木さんに届けてあげた
—— 「V＋てあげる」と「V＋てもらう」の使い方

T-71

a. ポーターに重い荷物を持ってもらいました。
b. 雨が降っていたので、タクシーを呼んであげました。
c. 先生に会席料理をご馳走していただきました。
d. 私が荷物を持ってさしあげます。

■会社の同僚が話しています。

鈴　木：帰りは、車で送ってあげようか。
上　田：いつも送ってもらって、ありがとう。

上　田：このDVD貸してあげる。おもしろ
　　　　いわよ。　（F）
鈴　木：ありがとう。この間、貸してもらっ
　　　　たのも、とてもおもしろかったよ。

山田さんに資料を届けてもらった。

別の資料を、鈴木さんに届けてあげた。

2 　教授に部屋を探していただきました／教授が部屋を探してくださいました
—— 「V＋てもらう・ていただく・てくれる・てくださる」の使い方

T-72

a. ジョンくんに部屋を探してもらった。／
　　ジョンくんが部屋を探してくれた。
b. 教授にレポートをほめていただきました。／
　　教授がレポートをほめてくださいました。
c. ランさんにパーティーに呼んでいただきました。／
　　ランさんがパーティーに呼んでくださいました。

■大学で、友人と話しています。

真由美：きのうの授業のノート、貸してくれる？
良　子：いいわよ。私もこの間、真由美に貸して
　　　　もらったから。　（F）

教授に部屋を探していただきました。／
教授が部屋を探してくださいました。

3 コピーしてさしあげましょうか／コピーしてあげましょうか

──与えるときの「V＋てやる・てあげる・てさしあげる」

a. 誰か赤ちゃんにミルクを作ってやって。

b. わかった。僕が作ってあげるよ。

c. 運転を代わってあげましょうか。

d. 彼にスーツを選んであげた。

e. 赤ちゃんを預かってさしあげました。

コピーしてさしあげましょうか。

■会社で、同僚と話しています。

鈴　木：小川さん、お茶をいれてあげようか。

小　川：あ、お願いします。

■会社で、客と話しています。

顧　客：これは貴重な資料ですね。

木　村：コピーしてさしあげましょうか。

コピーしてあげましょうか。

4 斉藤部長に見送っていただきました／岡田さんに見送ってもらいました

──受け取るときの「V＋てもらう・てくれる・ていただく・てくださる」

a. 木村さんがお見舞いに来てくれました。／
部長がお見舞いに来てくださいました。

b. 妹にアイロンをかけてもらった。／
川上さんにアイロンをかけていただいた。

■会社で、同僚と話しています。

鈴　木：山田くんに成田空港まで見送ってもらいましたよ。

武　井：それはよかったですね。

鈴　木：この仕事では、山田くんがずいぶん手伝ってくれました。

武　井：部長もいろいろアドバイスしてくださいましたしね。

斉藤部長に見送っていただきました。

岡田さんに見送ってもらいました。

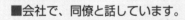

12課　ドリル

練習1 次の会話の（　　　）に、「あげる」「もらう」のどちらか適当なほうを、適当な形にして書いてください。

（例）小学生A：夏休みの宿題、お父さんに手伝って（　もらっ　）ちゃった。
　　　小学生B：いいなあ。僕は、「自分でやれ！」って、言われちゃった。

（1）鈴　木：もう遅いから、車で送って（①　　　　　　　）ようか。
　　　上　田：ありがとう、いつも送って（②　　　　　　　）て、助かるわ。

（2）上　田：このビデオ、貸して（①　　　　　　　）ましょうか。
　　　鈴　木：ありがとう。上田さんに貸して（②　　　　　　　）ビデオはいつもおも
　　　　　　　しろいから、楽しみだなあ。

（3）木　村：鈴木くん、うれしそうだね。
　　　鈴　木：ええ。社長にプレゼンテーションをほめて（　　　　　　　）んです。

（4）恵　子：このお歳暮、届けて（　　　　　　　）ますか。
　　　店　員：はい。送料が600円かかりますが、よろしいですか。

練習2 次の会話の内容を、次のページの　□　の中の言葉を使って文にしてください。

（例）武　井：すみません。そこの資料を取ってください。
　　　鈴　木：あっ、これですね。はい、どうぞ。
　　　→　武井さんは鈴木さんに資料を（①　取ってもらいました　）。
　　　　　鈴木さんは武井さんに資料を（②　取ってあげました　）。

（1）私　　：山田さん、この机、運ぶの手伝ってくれない。
　　　山　田：いいよ。あ、結構、重いねえ。
　　　→　（私は）山田さんに机を運ぶのを（①　　　　　　　　　　）。
　　　　　山田さんは（私が）机を運ぶのを（②　　　　　　　　　　）。

（2）ラ　ン：先生、日本語の作文を見ていただけませんか。
　　　先　生：あ、いいですよ。……ここは、こうしたほうがいいかな。
　　　→　ランさんは先生に日本語の作文を（①　　　　　　　　　　）。
　　　　　先生はランさんの日本語の作文を（②　　　　　　　　　　）。

（3）部　長：君のこんどのレポート、とってもよくできていたよ。

　　私　：はっ、ありがとうございます。

　　→　（私は）部長にレポートを（①　　　　　　　　　　　　　　　　　　）。

　　　　部長は（私の）レポートを（②　　　　　　　　　　　　　　　　　　）。

（4）山　田：小川さん、お茶をいれましょうか。

　　小　川：あ、ありがとう。お願いします。

　　→　山田さんは小川さんにお茶を（①　　　　　　　　　　　　　　　　）。

　　　　小川さんは山田さんにお茶を（②　　　　　　　　　　　　　　　　）。

（5）鈴　木：疲れたみたいだね。運転、代わろうか。

　　山　田：うん。じゃあ、頼むよ。

　　→　山田さんは鈴木さんに運転を（①　　　　　　　　　　　　　　　　）。

　　　　鈴木さんは山田さんと運転を（②　　　　　　　　　　　　　　　　）。

～てあげる　　　～てもらう　　　～てくれる
～てやる　　　　～ていただく　　～てくださる

練習3 いろいろな困ったことが起きています。「困っている人＝Ａさん」と「助ける人 ＝Ｂさん」の会話を作ってみましょう。（1）～（4）の問題の解決案を右ページ のa～fから選び、会話を作ってください。そして、そのやりとりを「～てもらう」 と「～てあげる」を使って文にしてください。

（例）雨が降ってきたが、傘がない　→　解決案（　　c　　）

　　A（困っている人）：　急に雨が降ってきました。すみません、傘を貸してくれませんか。

　　B（助ける人）　　：　いいですよ。ちょうど２本ありますから。

　　→　Aさんは、　Bさんに傘を貸してもらった　。

　　　　Bさんは、　Aさんに傘を貸してあげた　。

（1）横浜駅への行き方がわからない　→　解決案（　　　）

A：＿＿＿＿＿＿＿＿＿＿＿＿＿＿＿＿＿＿＿＿＿＿＿＿＿＿＿＿＿

B：＿＿＿＿＿＿＿＿＿＿＿＿＿＿＿＿＿＿＿＿＿＿＿＿＿＿＿＿＿

　　→　Aさんは、① ＿＿＿＿＿＿＿＿＿＿＿＿＿＿＿＿＿＿＿＿＿。

　　　　Bさんは、② ＿＿＿＿＿＿＿＿＿＿＿＿＿＿＿＿＿＿＿＿＿。

（2）欠席したときの講義のノートが必要　→　解決案（　　　）

A：＿＿＿＿＿＿＿＿＿＿＿＿＿＿＿＿＿＿＿＿＿＿＿＿＿＿＿＿＿

B：＿＿＿＿＿＿＿＿＿＿＿＿＿＿＿＿＿＿＿＿＿＿＿＿＿＿＿＿＿

　　→　Aさんは、① ＿＿＿＿＿＿＿＿＿＿＿＿＿＿＿＿＿＿＿＿＿。

　　　　Bさんは、② ＿＿＿＿＿＿＿＿＿＿＿＿＿＿＿＿＿＿＿＿＿。

（3）夜遅いので、アパートまで送ってほしい　→　解決案（　　　）

A：＿＿＿＿＿＿＿＿＿＿＿＿＿＿＿＿＿＿＿＿＿＿＿＿＿＿＿＿＿

B：＿＿＿＿＿＿＿＿＿＿＿＿＿＿＿＿＿＿＿＿＿＿＿＿＿＿＿＿＿

　　→　Aさんは、① ＿＿＿＿＿＿＿＿＿＿＿＿＿＿＿＿＿＿＿＿＿。

　　　　Bさんは、② ＿＿＿＿＿＿＿＿＿＿＿＿＿＿＿＿＿＿＿＿＿。

（4）こんどの日曜日に引っ越しを手伝ってほしい　→　解決案（　　　）

A：＿＿＿＿＿＿＿＿＿＿＿＿＿＿＿＿＿＿＿＿＿＿＿＿＿＿＿＿＿

B：＿＿＿＿＿＿＿＿＿＿＿＿＿＿＿＿＿＿＿＿＿＿＿＿＿＿＿＿＿

　　→　Aさんは、① ＿＿＿＿＿＿＿＿＿＿＿＿＿＿＿＿＿＿＿＿＿。

　　　　Bさんは、② ＿＿＿＿＿＿＿＿＿＿＿＿＿＿＿＿＿＿＿＿＿。

◆解決案

a．おいしい中華料理の店を知っている　　b．日曜日は暇だ

c．傘が2本ある(例)　　　　　　　　　　d．車で来ている

e．横浜駅への行き方を知っている　　　　f．その講義のノートをちゃんととってある

練習4　🔁 T-75 「〜てくれる」「〜てもらう」には、その行為が話し手にとって「よかった・うれしい」という気持ちがあります。その反対に、受け身の表現には「いやだ・困った」という気持ちが含まれることもあります。CDを聞いて、それぞれの内容を表すように、（　　　）の動詞を「〜てくれる」「〜てもらう」か受け身形かに書き換えてください。

（例1）　私はニンジンが嫌いです。昼ご飯のとき、太郎くんが私のニンジンを食べました。ありがとう、太郎くん。

　　　　→　太郎くんがニンジンを（　食べる → 食べてくれました　）。

（例2）　おみやげにもらったケーキを冷蔵庫に入れておいたら、弟が全部食べました。私も食べたかったのに……。

　　　　→　弟にケーキを全部（　食べる → 食べられました　）。

（1）美容院で髪を短く（切る →　　　　　　　　　　　　　　）。

（2）美容院で髪を短く（切る →　　　　　　　　　　　　　　）。

（3）友達が誕生日パーティーに（来る →　　　　　　　　　　　　）。

（4）夜遅く、友達に遊びに（来る →　　　　　　　　　　）。

（5）母に高木先生からの手紙を（読む →　　　　　　　　　　　）。

（6）母に森くんの手紙を（読む →　　　　　　　　　　　　　）。

（7）きのう、バスの中で健一くんに写真を（撮る →　　　　　　　　　　　　　）。

（8）きのう、田中さんが写真を（撮る →　　　　　　　　　　）。

（9）鈴木さんに書類を（捨てる →　　　　　　　　　　　）。

（10）山田さんがゴミを（捨てる →　　　　　　　　　　　）。

お話をお聞かせいただけないでしょうか

13課

させていただく・してもらう

会話 🔊 T-76

就職活動で、健一さんが先輩の高田さんを訪ねました。

健　一：先輩のお勤めの会社にぜひ就職したいのですが、一度、お話をお聞かせいた
　　　　だけないでしょうか。

高　田：いいよ。で、いつごろがいいかな？　（M）

健　一：先輩のご都合のいい時間に会社に伺わせていただきますが……。

高　田：じゃ、こんどの木曜の2時はどうかな。　（M）

健　一：はい、2時に伺います。

高　田：後輩のためだ。喜んで協力させてもらうよ。　（M）

この課で学ぶこと

「私がさせていただきます／私がさせてもらいます」など、自分の行為に対して使役形を使うと、
謙譲（自分のことを低くして相手を高めること）の意味になります。
　1. 望みや要求を遠慮ぎみに言うときの表現 ▶ 早退させていただきたいんですが……
　2. 会議や式、接客の場などでよく使われる表現 ▶ 休まず営業させていただきます
　3.「させる」を「してもらう」に言い換えると、強い表現が弱められる

1 ぜひ、出席させていただきます

T-77

——望みや要求を遠慮ぎみに言うときの表現

a. 頭が痛いので、早退させていただきたいのですが……。

b. ちょっと一服させていただけませんか。 （M）

c. 疲れたから、あそこに座らせてもらいましょう。

d. 写真を撮らせてもらえませんか。

e. ここに荷物を置かせてもらえませんか。

頭が痛いので、早退させていただきたいのですが……。

■会社で、社員が就職担当者と話しています。

高　田：後輩が、説明会に参加させていただきたいそうです。

担当者：では、こちらから説明会の案内を送ります。

■会社で、上司と話しています。

鈴　木：あのう、来週の月曜日、休ませていただきたいのですが……。

部　長：月曜日ね。いいですよ。

2 休まず営業させていただきます

T-78

——会議や式、接客の場などでよく使われる表現

a. 一言、ごあいさつさせていただきます。

b. 続いて、いくつか祝電を読ませていただきます。

c. 会議室までご案内させていただきます。

d. ゴールデンウイークも休まず営業させていただきます。

e. 当行窓口でのお取り扱いは午後3時までとさせていただきます。

一言、ごあいさつさせていただきます。

■会議をしています。

木　村：いくつか気がついた点について、私見を述べさせていただきます。

■客と話しています。

木　村：期日までには、必ず納品させていただきます。

3　５時に来てもらえませんか

 T-79

——「させる」を「してもらう」に言い換えると、強い表現が弱められる

a. エクセルのファイルにしてもらえませんか。

b. すみません、お茶をいれてもらえませんか。

c. 部屋を掃除してもらえませんか。

d. 今日、残業してもらえませんか。

e. これを英語に翻訳してもらえませんか。

これを英語に翻訳してもらえませんか。

■雨が降ってきたので、駅から電話しています。

和　夫：悪いけど、駅まで迎えに来てもらえないか。

健　一：いいよ、今、行くよ。

■会社で。

佐　藤：例の件で、今朝、川田に出張してもらいました。

部　長：そうか、川田くんを出張させたのか。彼なら、きっといい仕事をしてきてくれる
　　　　だろう。　（M）

部　長：佐藤くん、明日から当分、会社を休んでもらえないかなあ。

佐　藤：えっ、会社を辞めさせられるということですか。

部　長：いや、特別休暇だよ。ここのところ、ご苦労だったからね。　（M）

■パーティーで。

鈴　木：田中にスピーチさせましょうか。

部　長：うん、じゃあ、田中くん、スピーチしてもらえませんか。

鈴　木：タクシーを５時に迎えに来させましょう。

部　長：そうだね。

鈴　木：（タクシー会社に電話する）５時に来てもらえませんか。

13課　ドリル

練習1　（　　　）の中の動詞を「させていただく」の形に変えてください。

（1）国から両親が来ますので、来週（ 休む →　　　　　　　　　　 ）たいのですが……。

（2）すみません。電話を（ 使う →　　　　　　　　　 ）たいんですが……。

（3）この資料を（ コピーする →　　　　　　　　 ）ませんか。

（4）では、さっそくパンフレットを（ 送る →　　　　　　　　 ）ます。

（5）その仕事、ぜひ私に（ する →　　　　　　　　 ）ませんか。

練習2　左の状況に合う文を選んで、線で結んでください。

（1）営業時間を通知する・　　　　・a．お先に失礼させていただきます。

（2）会議を始める　　　　・　　　　・b．8月中は午後9時まで営業させていただきます。

（3）先に帰る　　　　　　・　　　　・c．それでは、始めさせていただきます。

（4）スピーチをする　　　・　　　　・d．これをもちまして、お開きとさせていただきます。

（5）会議を終わる　　　　・　　　　・e．ひと言、ごあいさつをさせていただきます。

（6）披露宴を終える　　　・　　　　・f．これにて、終了させていただきます。

練習3　会話の中の動詞が表している動作をするのは、どちらの人ですか。（　　）から選んで、○をつけてください。

（例）上　田：すみません、写真を撮っていただけませんか。

　　　女の人：ええ、いいですよ。　　　　　　　　→（ 上　田 ・(女の人)）

（1）健　一：きのうのノート、コピーしてもらいたいんだけど……。

　　　宏　：うん、いいよ。　　　　　　　　　　→（ 健一 ・ 宏 ）

（2）健　一：きのうのノート、コピーさせてもらいたいんだけど……。

　　　宏　：うん、いいよ　　　　　　　　　　　→（ 健一 ・ 宏 ）

（3）鈴　木：会議に出席していただきたいんですが……。

　　　部　長：いつですか。　　　　　　　　　　→（ 鈴　木 ・ 部　長 ）

（4）鈴　木：会議に出席させていただきたいんですが……。

　　　部　長：いつですか。　　　　　　　　　　→（ 鈴　木 ・ 部　長 ）

（5）坂　本：一曲、歌ってもらえませんか。

　　　サ　ハ：ビートルズでもいいですか。　　　　→（　サ　ハ　・　坂　本　）

（6）サ　ハ：一曲、歌わせてもらえませんか。

　　　坂　本：ええ、どうぞ。　　　　　　　　　　→（　サ　ハ　・　坂　本　）

（7）鈴　木：もう一度、説明していただけますか。

　　　岡　田：いいですよ。　　　　　　　　　　　→（　鈴　木　・　岡　田　）

（8）鈴　木：もう一度、説明させていただけますか。

　　　岡　田：いいですよ。　　　　　　　　　　　→（　鈴　木　・　岡　田　）

（9）真由美：ここで少し待たせてくれない？

　　　隆　　：うん、いいよ。　　　　　　　　　　→（　真由美　・　　隆　　）

（10）真由美：ここで少し待っててくれない？

　　　隆　　：うん、いいよ。　　　　　　　　　　→（　真由美　・　　隆　　）

練習4　（1）〜（5）のことをしたいと思っています。〔　　　　〕はその理由です。「させ
ていただく」という表現を使って、相手に許可を求めてください。

（例）早退したい〔頭が痛い〕

　　　A：すみません。①　早退させていただきたいのですが。

　　　B：どうしたんですか。

　　　A：②　ちょっと、頭が痛いんです。

（1）荷物を置きたい〔とても重い〕

　　　A：すみません。①＿＿＿＿＿＿＿＿＿＿＿＿＿＿＿＿＿＿＿＿＿＿

　　　B：どうしたんですか。

　　　A：②＿＿＿＿＿＿＿＿＿＿＿＿＿＿＿＿＿＿＿＿＿＿＿＿＿＿＿＿

（2）休みたい〔大使館に用事がある〕

　　　A：すみません。①＿＿＿＿＿＿＿＿＿＿＿＿＿＿＿＿＿＿＿＿＿＿

　　　B：どうしたんですか。

　　　A：②＿＿＿＿＿＿＿＿＿＿＿＿＿＿＿＿＿＿＿＿＿＿＿＿＿＿＿＿

（3）パソコンを使いたい〔日本語の勉強のため〕

　　Ａ：すみません。①＿＿＿＿＿＿＿＿＿＿＿＿＿＿＿＿＿＿＿＿＿＿

　　Ｂ：どうしたんですか。

　　Ａ：②＿＿＿＿＿＿＿＿＿＿＿＿＿＿＿＿＿＿＿＿＿＿＿＿＿＿＿＿＿

（4）レコーダーに録音したい〔レポートを書く〕

　　Ａ：すみません。①＿＿＿＿＿＿＿＿＿＿＿＿＿＿＿＿＿＿＿＿＿＿

　　Ｂ：どうしたんですか。

　　Ａ：②＿＿＿＿＿＿＿＿＿＿＿＿＿＿＿＿＿＿＿＿＿＿＿＿＿＿＿＿＿

（5）集会室を使いたい〔パーティーを開く〕

　　Ａ：すみません。①＿＿＿＿＿＿＿＿＿＿＿＿＿＿＿＿＿＿＿＿＿＿

　　Ｂ：どうしたんですか。

　　Ａ：②＿＿＿＿＿＿＿＿＿＿＿＿＿＿＿＿＿＿＿＿＿＿＿＿＿＿＿＿＿

練習5 🎧 T-80 （1）～（10）のあいさつの言葉を、「～させていただきます」を使って書き換えてください。

（1）＿＿＿＿＿＿＿＿＿＿＿＿＿＿＿＿＿＿＿＿＿＿＿＿＿＿＿＿＿＿＿＿

（2）＿＿＿＿＿＿＿＿＿＿＿＿＿＿＿＿＿＿＿＿＿＿＿＿＿＿＿＿＿＿＿＿

（3）＿＿＿＿＿＿＿＿＿＿＿＿＿＿＿＿＿＿＿＿＿＿＿＿＿＿＿＿＿＿＿＿

（4）＿＿＿＿＿＿＿＿＿＿＿＿＿＿＿＿＿＿＿＿＿＿＿＿＿＿＿＿＿＿＿＿

（5）＿＿＿＿＿＿＿＿＿＿＿＿＿＿＿＿＿＿＿＿＿＿＿＿＿＿＿＿＿＿＿＿

（6）＿＿＿＿＿＿＿＿＿＿＿＿＿＿＿＿＿＿＿＿＿＿＿＿＿＿＿＿＿＿＿＿

（7）＿＿＿＿＿＿＿＿＿＿＿＿＿＿＿＿＿＿＿＿＿＿＿＿＿＿＿＿＿＿＿＿

（8）＿＿＿＿＿＿＿＿＿＿＿＿＿＿＿＿＿＿＿＿＿＿＿＿＿＿＿＿＿＿＿＿

（9）＿＿＿＿＿＿＿＿＿＿＿＿＿＿＿＿＿＿＿＿＿＿＿＿＿＿＿＿＿＿＿＿

（10）＿＿＿＿＿＿＿＿＿＿＿＿＿＿＿＿＿＿＿＿＿＿＿＿＿＿＿＿＿＿＿

着いたら電話してね

14課 条件の表現 —— と・たら・ば・なら

会話 T-81

大阪へ行く真由美さんを、母の恵子さんが送り出しています。

真由美：大変、目が覚めたら、もう9時だったの。急がないと……。（F）

恵　子：あんまり急ぐとけがをするわよ。「急がば回れ」だからね。

真由美：うん。10時半の新幹線に間に合わなかったら、次のにする。

恵　子：向こうに着いたら、電話してね。

真由美：はい。おみやげに何か欲しいものある？

恵　子：もし帰りに京都に寄るなら、漬物を買ってきて。

この課で学ぶこと

「～と」「～たら」「ば」「～なら」は、次のような条件を表します。

1. 仮定・推測を表す「もしも～したら」
2. 因果関係を表す「～すると、その結果～なる」
3. 過去の動作が条件になる「～したら、～なった」
4. 発見を表す「～したら、～とわかった」
5. 確定条件を表す「もし～だということならば～」
6. あり得ない条件を表す「もし～だったら、～したのに」

「と」「たら」「ば」「なら」を入れ替えて使える場合と入れ替えられない場合があります。

1　間に合わなかったら次のにする
――仮定・推測を表す「もしも～したら」

a. 輸入が自由化されれば（されたら・されると・されるなら）、米の値段は下がるでしょうね。

b. あの会社に入ったら（入ると・入れば）育児休暇がとれそうね。／
あの会社なら、育児休暇がとれそうね。　（F）

c. 本がよく売れると（売れたら・売れれば・×売れるなら）いいですね。

d. こんどのアパートが広い（の）なら（広ければ・
広かったら・×広いと）、同居させてくれない？

■ゴルフコンペで、出場者が話しています。

木村：誰が優勝候補かな。

岡田：田中くんが本命。佐藤くんが優勝すると、番狂わせだね。・（M）

木村：風が強ければ、僕もいいところまでいくかもね。

よく売れると（売れたら・売れれば）
いいですね。

2　20歳になれば、お酒が飲めます
――因果関係を表す「～すると、その結果～なる」

a. 2と2を足すと（足せば・足したら）、4になる。

b. そこの角を曲がると（曲がれば・曲がったら）、銀行があります。

c. このボタンを押すと（押せば、押したら）、開くんです。

d. この薬を飲むと（飲めば・飲んだら）、きっとよくなりますよ。

e. 二酸化炭素が増えると（増えれば・増えたら）、地球温暖化が進むんです。

■留学生寮で、学生が話しています。

リンダ：お金がないと困るから、アルバイトをしようと思います。

ジョン：それなら、いい店を紹介しようか。

リンダ：桜の花はいつ咲きますか。早く見たいです。

ジョン：春になったら咲きますよ。4月ごろですね。

このボタンを押すと（押せば・
押したら）、開くんです。

3 コンサートに誘ったら、断られちゃった
——過去の動作が条件になる「〜したら、〜なった」

a. 玉ねぎを切ったら、涙が出ました。
b. タクシーに乗ったら、渋滞で、かえって会議に遅れてしまったよ。
c. 北海道に着いたら、大雪でした。
d. 現地の水を飲んだら、おなかをこわしてしまいました。
e. 馬券を買ったら、10万円、もうかっちゃった。

■友達と話しています。
健 一：良子さんにラブレターを書いたら、返事がきたんだ。
宏　：そうか、よかったな。　（M）
健 一：でも、ロックコンサートに誘ったら、断られちゃった。
宏　：彼女はクラシック・ファンなんだよ。

コンサートに誘ったら、断られちゃった。

4 食べてみると、おいしかったんだ
——発見を表す「〜したら、〜とわかった」

a. ケーキの箱を開けたら（開けると）、中は空っぽでした。
b. インターネットを始めてみると（みたら）、案外簡単でした。
c. 図書館に行ってみると（みたら）、閉まっていました。
d. 国境の長いトンネルを抜けると（抜けたら）、そこは雪国だった。
e. 彼に聞いてみたら（みると）、ノーと言われました。

■留学生と、日本食について話しています。
真由美：納豆を食べてみたことがありますか。
ジョン：ええ、食べてみたら、思ったよりおいしかったです。
真由美：まぐろの刺し身はどんな味がしましたか。
ジョン：ひとくち食べてみると、果物のアボカドみたいな味がしました。

ケーキの箱を開けたら（開けると）、
中は空っぽでした。

5 風邪なら、この薬を飲むといいですよ

——確定条件を表す「もし～だということならば～」

a. 買い物に行くのなら、メロンを買ってきてください。

b. 山田さんが行くなら、私も行きます。

c. あなたが食べないんなら、私が食べますよ。

d. 3日が無理なら4日にしましょう。

e. 1万円なら買ってもいいです。

風邪なら、この薬を
飲むといいですよ。

■病院で、医者と患者が話しています。

患　者：熱があるんですが、お風呂は入らないほうが
　　　　いいでしょうか。

医　者：熱があるなら、入らないほうがいいでしょう。

患　者：食欲もないんです。

医　者：それなら、解熱剤と胃薬を出しましょう。

6 言ってくれたら、手伝ったのに

——あり得ない条件を表す「もし～だったら、～したのに」

a. もっと若かったら（若ければ）、ヨットで世界一周したいですね。

b. 近くに住んでいたら（いれば）、もっと助けてあげられるんだけどねえ……。

c. 駅にもっと近ければ（近かったら）、通勤が楽なのにね。

d. 彼女が僕と結婚してくれれば（くれたら）よかったのになあ。

e. もっと暇があれば（あったら）、いいのですが……。

■就職活動中の学生が話しています。

前　田：あの会社に就職できればよかったのに。

阿　部：そうしたら、ボーナスがいっぱいもら
　　　　えたのにね。

前　田：また、就職試験に落ちちゃった。

阿　部：僕もだよ。内定がもらえていたら、こん
　　　　なに会社回りしなくてもすむのになあ。

駅にもっと近ければ（近かったら）、
通勤が楽なのにね。

14課　ドリル

練習1 〔　　　〕の中の動詞を、「～たら」「～ば」「～と」「～なら」の順に、条件の表現にしてください。

（例）大学に〔行く〕　　→（行ったら）・（行けば）・（行くと）・（行くなら）

（1）会社を〔やめる〕　→（　　　　）・（　　　　　）・（　　　　　）・（　　　　）
（2）駅へ〔急ぐ〕　　　→（　　　　）・（　　　　　）・（　　　　　）・（　　　　）
（3）山に〔登る〕　　　→（　　　　）・（　　　　　）・（　　　　　）・（　　　　）
（4）値段が〔高い〕　　→（　　　　）・（　　　　　）・（　　　　　）・（　　　　）
（5）この町が〔静かだ〕→（　　　　）・（　　　　　）・（　　　　　）・（　　　　）

練習2 正しい文になるように、下の □ の中の表現から適当なものを1つ選んでください。

健　一：リンさんの誕生日は来月ですね。

リ　ン：ええ。誕生日が来（①　　　）、20歳になります。

健　一：日本では20歳になれ（②　　　）、お酒も飲めるし、たばこも吸えますよ。

リ　ン：そうですか。でも、たばこを吸う（③　　　）気持ちが悪くなるし、お酒を飲む
　　　　（④　　　）すぐ赤くなってしまうんです。

健　一：そういうこと（⑤　　　）、無理しないほうがいいね。

```
たら　　ば　　と　　なら
```

練習3 下線の言葉に「たら・ば・と・なら」の中から適当なものをつけて、条件の表現にしてください。例のように、2つ以上の表現が可能なものもあります。

（例）木村さんが来る（→ 来たら・来るなら）、私は帰ります。

（1）もし君と結婚できる（→　　　　　　　　　）、どんなに幸せだろう。
（2）雨の日にデートする（→　　　　　　　　　）、映画を見るのが一番ですね。
（3）スキーに行く（→　　　　　　　）、足を骨折してしまった。
（4）ビールを飲む（→　　　　　　　）、眠くなってしまうんです。

（5）日本語がもっとうまい（→　　　　　　　　　）、日本人と友達になれるのになあ。

（6）パソコンを買う（→　　　　　　　　　）、ノートパソコンがいいと思うよ。

（7）もっとお金がある（→　　　　　　　　　）、もっと広い部屋を借りることができたのに。

（8）そんなに暑い（→　　　　　　　　　）、エアコンをつければいいのに。

（9）日本では60歳になる（→　　　　　　　　　）、還暦のお祝いをします。

（10）海外旅行する（→　　　　　　　　　）、どこに行きたいですか。

練習4 左側の下線の言葉に「たら・ば・と・なら」の中から適当なものをつけて条件の表現にし、右側と結んで文にしてください。例のように、2つ以上の表現が可能なものもあります。

（例）北海道に着く（→　着いたら／着くと　）・ 　　　・ a．手伝ったのに。

（1）コンサートに誘う（→　　　　　　　）・ 　　　・ b．大雪だった。

（2）言ってくれる（→　　　　　　　）・ 　　　・ c．私は行かない。

（3）食べてみる（→　　　　　　　）・ 　　　・ d．おいしかったんだ。

（4）間に合わない（→　　　　　　　）・ 　　　・ e．きっとよくなりますよ。

（5）この薬を飲む（→　　　　　　　）・ 　　　・ f．次のにするわ。

（6）彼が行く（→　　　　　　　）・ 　　　・ g．断られちゃった。

練習5 例のように、「〜なったら／〜なれば」のあとに文を考えて書いてください。

（例）春になったら、日本では、　花見をします　。

（1）夏休みになったら、＿＿＿＿＿＿＿＿＿＿＿＿＿＿＿＿＿＿＿＿＿＿＿。

（2）20歳になれば、＿＿＿＿＿＿＿＿＿＿＿＿＿＿＿＿＿＿＿＿＿＿＿＿。

（3）冬になったら、＿＿＿＿＿＿＿＿＿＿＿＿＿＿＿＿＿＿＿＿＿＿＿＿。

（4）来年になったら、＿＿＿＿＿＿＿＿＿＿＿＿＿＿＿＿＿＿＿＿＿＿＿。

（5）大学生になったら、＿＿＿＿＿＿＿＿＿＿＿＿＿＿＿＿＿＿＿＿＿＿。

（6）60歳になったら、＿＿＿＿＿＿＿＿＿＿＿＿＿＿＿＿＿＿＿＿＿＿＿。

（7）明日の朝になれば、＿＿＿＿＿＿＿＿＿＿＿＿＿＿＿＿＿＿＿＿＿＿。

（8）子供が小学生になったら、＿＿＿＿＿＿＿＿＿＿＿＿＿＿＿＿＿＿＿。

練習6　[T-88]「人生は山あり谷あり」、予想していなかったことがたくさん起こります。こんなとき、あなたはどうしますか。会話を聞いて、下のa～jから適当なものを選び、「たら・ば・と・なら」を使った条件文を作ってあなたの気持ちを書いてください。

（例）A：今月、家賃が払えそうにないよ。

　　　B：うちからの仕送りはないの？

　　　A：仕送りがあったら苦労しないよ。

　　（　a　）　　裕福な家庭に生まれたら、苦労しなかったのに。

（1）（　　　）＿＿＿＿＿＿＿＿＿＿＿＿＿＿＿＿＿＿＿＿

（2）（　　　）＿＿＿＿＿＿＿＿＿＿＿＿＿＿＿＿＿＿＿＿

（3）（　　　）＿＿＿＿＿＿＿＿＿＿＿＿＿＿＿＿＿＿＿＿

（4）（　　　）＿＿＿＿＿＿＿＿＿＿＿＿＿＿＿＿＿＿＿＿

（5）（　　　）＿＿＿＿＿＿＿＿＿＿＿＿＿＿＿＿＿＿＿＿

（6）（　　　）＿＿＿＿＿＿＿＿＿＿＿＿＿＿＿＿＿＿＿＿

a．裕福な家庭に生まれる(例)	b．病気をする
c．道で1000円拾う	d．就職できない
e．学校を卒業する	f．デートに誘われる
g．結婚する	h．会社が倒産する
i．夜中に地震が起きる	j．財産が1億円ある

[改訂新版]

巻末附録

会話の
日本語 I

＊「会話の授業」を担当する方へ
ーよりよい指導のためにー

＊ドリル解答

＊ドリル聴解問題スクリプト

＊本文中国語訳

「会話の授業」を担当する方へ　—よりよい指導のために—

どうすれば、学習者がアクティブに授業にかかわって、自ら積極的に会話文を作りだすことができるか。どうすれば、教師が主導していく授業ではなく、学習者とともにクラス活動できるか。そこが、いい授業になるかどうかのポイントです。

海外などでは、文型をまったく知らないで、「日本語が話せる」というだけで指導している先生をよくみかけます。また最近のボランティアクラスでは（残念なことに）、指導法がよくわからないままに指導している先生方もいます。ここでは、そういった「ちょっと勉強が足りないかな」と不安に思っていらっしゃる先生に向けて、解説を書きました。

各課を指導する際に必要な知識は何か、学習者のつまずきそうな点はどこか、どのような教室活動が有効なのか、などを挙げてみました。

指導者が「文型」をよく理解したうえで、その「文型の骨」のまわりにおいしいソースを乗せて、骨を意識させない授業をしていければ、いい授業になることは確実です。初級で「文型練習」を一生懸命したけれど、どうも会話力が伸びないと悩んでいる学習者のために、ぜひこのページを役立ててください。

1課　動詞・て形の応用（1）——〜ている

「て形」を指導する際には、まず、「ます形」または「辞書形」から「て形」の作り方を導入する必要がある。日本人は無意識のうちに「て形」の形を記憶しているが、外国人学習者にとっては、この形を覚えるのは難関である。「て形」をこのテキストの1課に据えたのは、「て形」の規則性のあるパターンをきちんと把握すれば、後の会話の上達に向けて、学習者が大きくジャンプできると思うからだ。

特に1グループの動詞（U-Verb・五段動詞）と2グループの動詞（Ru-Verb・一段動詞）の形の違いは練習させたい。

その後は、どんな「て形」から入ってもよいが、「V（動詞）＋ている」は、学習者にとって比較的入りやすい入口だと思う。

「V＋ている」（動詞のて形＋いる）には大きく分けて5つの用法がある。

1．動作が進行中である（継続している）ことを表す

「降る、話す、鳴る、食べる、歩く、書く、読む」など。

「ている」の前にくる動詞によって、「ている」の表す意味が違ってくるが、ここではこの「動作が進行中」から入るのが入りやすいだろう。

2．あることが起こり、その結果の状態が続いている（残っている）ことを表す

「着く、開く、届く、死ぬ、落ちる、倒れる、始まる、座る、消える、知る、結婚する」など。

瞬間動詞の例は学習者には把握しにくいので、イラストなどを提示しながら、指導する必要がある。

3．毎日、継続的・習慣的にしている（繰り返している）ことを表す

「毎日、毎晩、いつも、よく」などと一緒に使う。

経験的・習慣的な動作については、会社員や学生、病院の看護師さんなどの毎日をイラストとともに示しながら導入するとわかりやすい。さらに学習者自身、学習者の家族などのことについて、学習者同士で会話させてはどうだろう。

4．服装を表す

「着る、はく、かぶる、はめる、する、かける」など。

服装を表す「ている」は、教室にカラフルな帽子やマフラー、スカート、靴などを持ち込めれば、レアリアを楽しみながら「かぶっています」「はいています」などが展開できる。教室の雰囲気も明るくなるので、ぜひ試してほしい。

5．元からの状態を表す

「似る、そびえる、形をする、すぐれる」などは特殊な動詞で、物の外見や性質などを表す形容詞のような意味を持っている。現在の状態を表すときには常に「ている」と一緒に使う。

なお、状態を表す動詞「ある」「いる」には「～ている」の形はない。

2課 動詞・て形の応用（2）── ～てある

「Ｖ＋てある」には２つの用法がある。しかし、授業ではこの２つの違いに注目させるよりも、自然な会話の中で「てある」がどのように使われているかを練習させることにより、学習者に意味を理解させたほうが楽しい授業が展開できる。

1．誰かがした行為の結果の状態を表す

他動詞に「ている」をつけると、１課の用法１（動作が進行中であることを表す）になる。他動詞で「行為の結果の状態」を表すときは「てある」をつける。

（例）「Ｖ＋ている」　レンタルスキーを返している。（今、返しているところ）

　　　「Ｖ＋てある」　レンタルスキーは返してある。（もうすでに返してしまった）

　　　（「返しておく」については３課で解説。）

「ラジオがついています」は、単にラジオがどんな状態かを表しているが、「ラジオがつけてあります」は、「ニュースが聞きたいから／天気予報を聞くために、ラジオがつけてある」のように、誰かがラジオをつけたという意図が感じられる。

「他動詞＋てある」は、状態を表し、助詞は「を」から「が」に変わることに注意しよう。

2．すでに準備や用意が終わったことを表す

ここでは、何のための準備なのか、会話例から学習者に考えさせてはどうだろうか。「切符は買ってありますか」→新幹線、相撲、コンサート、など。

4．「まだＶ＋ていません」と「もうＶ＋てあります」の違い

「まだＶ＋ていません」「もうＶ＋てあります」は基本的なことなので、しっかり練習させれば定着率は高い。

（例）　Ａ：もうレポートを書きましたか。

　　　Ｂ：はい。もう書いてあります。（結果の状態・準備が終わった）

　　　Ｃ：いいえ、まだ書いていません。（「書く」という動作が完了していない）

これから書きます。

3課 動詞・て形の応用（3）―― ～ておく

「V＋ておく」の用法は2課の「V＋てある」と意味が似ている。学習者によっては混乱を起こす可能性があるので、違いをきちんと示す必要がある。

3.「V＋ておく」と「V＋てある」の違い

「V＋てある」は動作の結果の状態に注目した表現で、「V＋ておく」は動作に注目した表現だが、例文を示すだけではわかりにくいかもしれない。

「ホテルが予約してある」は、すでに誰かが予約済みだということを表しているが、「ホテルを予約しておく」は、これから（何かの準備のために）予約をすることを表している。ここでは、「～がV＋てある」「～をV＋ておく」という助詞の違いにも注目させたい。

「ホテルを予約しておいてください」とは言えるが、「ホテルを予約してあってください」とは言えない。

4．会話でよく使われる「V＋とく」と「V＋どく」

会話での「V＋とく」と「V＋どく」の使用例は非常に多い。「読んでおく」→「読んどく」、「とっておく」→「とっとく」など、実際に会話の中での口頭練習が必要だ。日常会話ではよく使われる表現で、学習者が自分では使わなくても、聞いてわかる練習も必要だ。

「ねえ、ここ読んどいてね」などの自然な会話文で導入してはどうだろうか。

4課 動詞・て形の応用（4）―― ～てください

Vのて形に「ください」をつけて、ほかの人に何かをすることを頼む表現を指導する。場合によっては「くださいませんか」を使ったほうがいいときもある。

1．「V＋てください」は、願いや要求を表す

「V＋てください」は多くの初級日本語教科書で「依頼表現」とされているが、「ソフトな要求」という面が強いので、言われた相手は断りにくいニュアンスがあり、注意を要する。実際のコミュニケーションでは「～てください」は強い要求に聞こえる場合が多いので、ていねいにお願いしたいときは「くださいませんか」を使うように指導すべきだろう。

本書の例文で扱った「薬は食事のあとに飲んでください」は医者が患者に言っている場面、また「車は駐車場に移してください」も警備員などの言葉として指導していただければと思う。「誰が言っていますか、そうですね。医者が言っています」のように、質問しながら、学習者に誰の言葉かを考えさせるのもよいだろう。

2．「V＋ないでください」は、禁止の要求を表す

「V＋ないでください」も「ソフトな要求」を表すとされていて、美術館や公園などで、「ここでは写真を撮らないでください」「ここに入らないでください」のように使われる。だが、実際のコミュニケーションでは、強く聞こえることも多い。

3．「どうぞV＋てください」は、人に何かを勧めるときによく使う表現

「てください」を「どうぞ」と一緒に使うと、勧める表現になり、「要求」という意味は弱くなるので、ここでは練習時間を多くとり、「どうぞ、V＋てください」の練習をさせてほしい。

4．「ください」の省略

親しい人とのくだけた会話では、「写真を撮って」「忘れないで」のように「ください」を省略した形でよく使われる。ペアワークで「携帯番号教えて」「傘貸して」など、恋人同士や友達同士のシチュエーションを作って練習させるとよい。

5課 動詞・て形の応用（5）── ～てしまう

「V＋てしまう」には３つの用法がある。

1．完成・完了を表す

「全部、最後まで、すっかり、完全に」などの副詞的表現と一緒に使うことが多い。本書では「早く食べてしまいなさい」「レポートは、きのう、もう書いてしまいました」のように、副詞と一緒に使う自然な会話例を示している。

2．後悔・失望を表す

「残念な気持ち」を表す。意図的に行ったことではないので、無意志動詞と一緒に使われることが多い。「こぼしてしまった、遅刻してしまった、骨折してしまった」など、あわてん坊の主人公を用意して、寸劇仕立てのショートストーリーを学習者に見せてはどうだろうか。学習者も「あわてん坊の彼・彼女」を演じることで「～てしまう」の後悔・失望の意味を理解しやすいだろう。

3．無意識の行動を表す

「つい、うっかり」などの副詞と一緒に使うこともある。「この場所は禁煙です。──ついたばこを吸ってしまう」「電話で話しています。──ついお辞儀をしてしまう」のように例を示すと、学習者の理解の助けになるだろう。

4．「V＋てしまう」「V＋でしまう」の短縮形

「V＋てしまう」の短縮形は「V＋ちゃう」（「食べてしまう」→「食べちゃう」）、「V＋でしまう」の短縮形は「V＋じゃう」（「飲んでしまう」→「飲んじゃう」）になる。

学習者に「寝坊しちゃった」「テスト前なのに遊んじゃった」などから、何の省略形か推測させてみたり、「～てしまった」から「V＋ちゃう」「V＋じゃう」を言わせてはどうだろうか。ただし、これは親しい人同士や目下の関係の人に使う表現だと理解させることを忘れないでほしい。

6課 動詞・て形の応用（6）── ～てくる・～ていく

「V＋てくる」「V＋ていく」には４つの用法がある。教師がこの４つの用法を把握した上で指導すれば、学習者も「V＋てくる」「V＋ていく」の用法を会話の中で的確に使いこなせるようになるだろう。

1．連続した動作を表す

ある動作をして、それから「来る」「行く」ことを表す。ここでは「出社前にシャンプーしていく」「チンさんは、インドとタイを調査してきました」などの連続した動作の会話例を載せておいた。

ほかにも、学生たちに動詞カードを選ばせて、「〜てくる」「〜ていく」の例を考えさせるとよい。

（例）動詞カード「書く、誘う、電話する、寄る」など

「あした誕生日カードを書いてきます」

「友達のアパートに寄っていきます」など

2．同時に起こる動きを表す

「てくる」「ていく」の前の動詞が、来るとき／行くときの「方法・状態」を表す。

「走る、追いかける、渡る、乗る、連れる、持つ、着る、歩く」などの動詞と一緒に使われるので、これらの動詞カードを使って指導するとよい。

3．また元の場所に戻ることを表す

日本語会話の中で、この元の場所に戻ることを意味する「Ｖ＋てくる」は、極めて使用頻度が高い。「お弁当を買ってきます」「バスの時刻を聞いてきます」など、会話例はどれも「元の場所に戻る」ことを意味しているが、学習者によっては理解しにくいかもしれない。

ホワイトボードに「今、教室にいます。→事務室に行きます。事務室でコピーします。→教室に戻ります。」と書き、イラストとともに示し「コピーしてきます」と指導すると、学習者も元の場所に戻る用法を理解しやすい。

4．状態の変化を表す

「来る」「行く」という動詞本来の意味は失われ、「Ｖ＋てくる」は過去から現在に向かっての変化、「Ｖ＋ていく」は現在から未来に向かっての変化を表す。このときのＶは無意志動詞が使われる。「だんだん、どんどん、ますます」などの副詞と一緒によく使われるので、教師が「グラフを見て、話しましょう」などのタスクを設定して、「この街では若者がどんどん減ってきた／いく」のようにグラフリーディングさせるとよいだろう。

7課　自動詞・他動詞

自動詞は対象を表す「〜を」を必要としない動詞、他動詞は「〜を」を必要とする動詞である。

自動詞は「状態の変化」にポイントを置いていて、他動詞は「人などの行為」にポイントを置いている。「（自動）ドアが開く」と「（私が）ドアを開ける」、「（風で）ろうそくが消える」と「（口で吹いて）ろうそくを消す」、というようにペアで指導するとわかりやすい。

しかし、通過点を表す「を」（「道を渡る」「空を飛ぶ」など）や出発点を表す「を」（「うちを出る」「学校を卒業する」「バスを降りる」など）は、物を対象とする「を」ではないので、「渡る、飛ぶ、通る、走る、曲がる、出る、卒業する、降りる」などは他動詞ではなく、自動詞として指導する。

また、「吹く、開く、閉じる」などは同じ形で自動詞にも他動詞にもなる「両用動詞」である。

日本語には自動詞と他動詞がペアになっているものが多くある。自動詞か他動詞かを区別するルールは、ドリルの練習の問題をしていくうちに、理解が容易になるだろう。

（例）「乾かす」　乾燥機で洗濯物を乾かしましょうか。（他動詞）

「乾く」　　もう乾いていますよ。（自動詞）

このように、自然なコミュニケーション場面に出てくる自動詞・他動詞のペアの用例をたくさん出してあ

るので、動詞カードを持たせて２人一組で会話練習させることもできる。

　自動詞と他動詞は、中・上級になっても取り違えて使う学習者が多いので、会話や例文を何度も練習して、使い方が理解できるようにしよう。

8課　可能形

　可能形には、大きく分けると３つの用法がある。

１．何かをする能力があることを表す

　初級の教科書ではこの例を中心に指導することが多い。

　能力を表すには、「名詞＋ができる（ギターができる）」、「Ｖ＋ことができる（ギターを弾くことができる）」、「動詞の可能形（ギターが弾ける）」を使う方法がある。動詞の可能形は、１グループ（U-Verb・五段動詞）、２グループ（Ru-Verb・一段動詞）、３グループ（Irregular Verb・不規則動詞）で形が異なるので、注意して教えてほしい。

　学習者自身の能力を尋ねる疑問文と答えはよく使われる練習方法だが、おもしろいシチュエーションを教師側で準備すると、学習者も身を乗り出して参加し、「練習」をしていることを忘れるほどだ。

（例）「アメリカの大統領選挙です。Ａ・Ｂの候補者がいます。さあ、２人はどんなことができますか。」

　　　Ａ：ピアノを弾く、日本語を話す、２キロ泳ぐ、料理する

　　　Ｂ：ヘリコプターの操縦、小説を書く、編み物

　　　（学生に追加の能力を考えさせる）

　「あなたはどちらのガールフレンド（ボーイフレンド）を選びますか」なども学生が乗ってくる話題だ。

２．何かをすることができる状態にあることを表す

　本文49ページの、きれいな海とゴミの浮かんだ海のイラストは導入に使える。

　「わかる」「できる」は動詞そのものが可能の意味を持っているので、可能形はない。また、無意志動詞（割れる、落ちる、降る、など）や、状態動詞「ある」「いる」も可能形にはならないことに注意しておくとよい。

9課　受け身形

　授業の導入は「直接受け身」で始めるとわかりやすい。

（例）２人の人物のイラストを見せながら──

　　　「わあ、木村さん、英語が上手ですね」「いや、日常会話程度しか話せませんよ」

　　　→木村さんはほめられました。

　この課では「受け身」を４つに分類し、それぞれ、役立つ会話表現を挙げておいた。

１．直接的な受け身

　「先生が学生をほめた（怒った）」という文を学生の立場で述べると、「学生は先生にほめられた（怒られた）」になる。また、「おばあさんがジョンさんに道を聞いた」という文をジョンさんの立場で述べると、「ジョンさんはおばあさんに道を聞かれた」になる。このように元の文の「学生を」や「ジョンさんに」という目的語を主語にした文を直接受け身と言うが、ここでは「映画に誘われた」「引っ越しの手伝いを頼まれた」「茶

の湯に招待された」などの例を挙げておいた。

　「映画に誘われた」のカードを学生に示し、「映画に誘う人・誘われる人」のロール（役割）を決めて２人の学生に会話させると、楽しい授業が展開できる。

（例）冬のスケートに誘う。

　　　「元旦にスケートに行きませんか」「え、寒いでしょう。やめておきます」

　　　→元旦にスケートに<u>誘われました</u>。でも、寒いので断りました。

　このような例を見せると、学生もさまざまな会話の発展例を考え出す。教師が文型として教えるよりも、ずっとクリエイティブな授業が展開できる。

２．間接的な受け身

　「女の人が（私の）足を踏んだ」という文を「私」の立場で述べると、「（私は）女の人に足を<u>踏まれた</u>」になる。また、「すりが（ジョンさんの）財布をすった」という文を「ジョンさん」の立場で述べると、「ジョンさんはすりに財布を<u>すられた</u>」となる。どちらも日本語では、「足」や「財布」の立場ではなく、その持ち主である「私」や「ジョンさん」の立場で述べるのが普通なので、「私の足は」「私の財布は」という受け身文を作りがちな学習者には何回か口慣らしの必要がある。

　間接的な受け身には、用法３の「迷惑な気持ちを表す受け身」と同様に、「被害を受けた」という感じがあることも指導したい。「美容院で髪を短く切られてしまいました。→残念です。困りました」のような感情表現を付け加えて指導すると、「被害」の感じを理解させやすい。

３．迷惑な気持ちを表す受け身

　これは自動詞を使って表す、日本語独特の受け身で、学習者の言語には存在しないことが多く、わかりにくい。「雨に降られた」「社員に休まれた」「犬に逃げられた」「子供に病気になられた」「子供に泣かれた」「犬に死なれた」などがある。

　「迷惑です」「悲しいです」「悔しいです」「がっかりです」などの感情カードが役に立つ。感情カードにはイラストを添えておくと、学習者もカードを見て直感的に視覚情報を読み取り、「迷惑や被害の受け身」の意味を理解する場合がほとんどである。

４．無生物を主語とする受け身

　新聞や雑誌、ニュースなどでよく使われる。この用法では動作をした人には焦点が当てられないので、省略されることが多い。ただ、芸術作品などで作者を明示する場合などは、動作主は「に」ではなく、「によって」が使われる（描く、書く、作る、建てる、設計する、発見する、発明する、など）。

　本書では「首相の政策が発表される」「デモが行われる」などの用例を挙げておいたが、教室活動としてビデオが見せられるなら、ニュース番組でよく受け身形が使われている例を実際に見せたい。学生たちに受け身形を指摘させると、学習者が自ら発見するという授業になり、より「学習者中心」になる。

　なお、「ある」「わかる」など、状態を表す動詞には受け身の形はない。

10課 使役形・使役受け身形

・使役形について

　１グループ（U-Verb・五段動詞）と２グループ（Ru-Verb・一段動詞）の使役形は作り方が異なるが、学習者は混同しがちだ。「行く→行かせる」となるべきところを「行かさせる」と言ってしまう学習者は、１グループの動詞と２グループの動詞を混同しているためだろう。

　ボランティアのクラスなどで学習者が母親の場合は、「息子さんを買い物に行かせますか」のように自然な問いかけから授業を導入していくとわかりやすいだろう。

（例）「お母さんは息子を買い物に行かせる」→「買い物に行ったのは誰ですか」

　　　「お母さんは息子に宿題をさせる」→「宿題をしたのは誰ですか」

　教師は、このように質問をして、学習者が使役文を理解しているかを確認しながら進めていきたい。学習者が理解していると思って授業を進めていても、実際は理解していないということもしばしば起こる。

１．立場が上の人が下の人に指示を出して行動させるときの使役形

　使役形は「立場が上の人が下の人に指示を出す」というのが基本的な意味なので、この用法で使う場合は場面に気をつける必要がある。

　本書では「彼女に一番はじめに歌わせた」「妹は疲れているようなので、早く休ませた」のような使役文を載せているが、「誰が歌わせましたか」「誰が、早く休ませたのですか」などと質問したり、学習者のレベルによっては、「部長と秘書」の指人形などを使って「あなたが一番はじめに歌いなさい」と部長が命令するところから始めて「彼女に一番はじめに歌わせた」を導くのも一つの方法だ。

２．人をそのままにしておく、放任するときの使役形

　「放任」は使役形の中に入れたが、授業では特に扱わなくてもよい。

３．望みや要求を遠慮ぎみに言うときの使役形

　この用法は、会話ではよく使われる。ショートストーリーを準備し、随所に「〜させて」を入れてストーリーを完成させるタスクなどは、学習者が楽しんで覚えることができる練習になる。

（例）子供たちが野球をしています。ケンタくんはずっとピッチャーをしています。

　　　友達がケンタくんに「ねえ、僕にも＿＿＿＿＿させて」と言いました。

・使役受け身形について

　１グループの使役受け身形は「（行かせる→）行かせられる」だが、短縮形の「行かされる」もある。１グループの動詞は短縮形がよく使われるが、「話す」「消す」「押す」のように語尾が「す」で終わる動詞には短縮形はない。ドリルの練習１ではグループ１の動詞の使役形を２つ書くように設定してあるので、実際はどちらを使うかを指導していただきたい。

　たとえば、「持つ」は「持たせられる」と「持たされる」の２つの形がある。一般的に話し言葉でよく使われる使役受け身形は「持たされる」という短縮形を使うが、文法的には「持たせられる」も存在する。ただし、これは動詞の１グループに限った現象で、２グループの使役受け身形は一つのパターンしか存在しない。このあたりは気をつけて指導すべきところだ。

　２グループの使役受け身形は「食べさせる→食べさせられる」、３グループ（Irregular Verb・不規則動詞）は「残業させる→残業させられる」「来させる→来させられる」になり、比較的指導しやすい。

　「お母さんは息子を買い物に行かせる」「お母さんは息子に宿題をさせる」の文を、実際に行為をする息子

の立場から述べると、「息子はお母さんに買い物に行かせられる（行かされる）」「息子はお母さんに宿題をさせられる」となる。

　ドリルの練習2では「太郎くんのお母さんの話」として使役形を多用し、「太郎くんから一言」では使役受け身形が自然に使えるようにしてある。同様のパターンを、部長と部下、夫と妻、マネージャーと歌手など、設定を変えて学習者にロールプレイさせると、いっそう実際のコミュニケーションに近づく。

　日本人は使役形よりも使役受け身形をよく使う。テキストに自然な場面をたくさん設定してあるので、ロールプレイに応用していただければと思う。

11課 授受動詞 ── あげる・もらう・くれる

　授受動詞を指導するときには、実際に「あげる・もらう・くれる」が学習者に伝わりやすいように、キャンデーやチョコレートなどを準備してやりとりすると、導入がスムーズにいく。

「○○さんにキャンデーをあげました」

「○○さんにチョコレートをもらいました」

「あげる」は、本文66ページの図のように、与え手が主語になる。

（例）私は木村さんにウイスキーをあげました。

　　　あなたは木村さんに何をあげましたか。

　　　岡田さんは木村さんにウイスキーをあげました。

「くれる」も与え手が主語になるが、受け手は話し手、または話し手の内（ウチ）の関係の人になるという点を注意して指導すると、学習者にとってはわかりやすい。

（例）小林さんは私にケーキをくれました。

　　　あなたは妹に本をくれました。（妹は話し手の内の関係）

「もらう」の主語は受け手になる。

（例）私は小林さんにケーキをもらいました。

　　　あなたは岡田さんに何をもらいましたか。

　　　木村さんは岡田さんにウイスキーをもらいました。

1.「あげる」と「もらう」の使い方

　宝くじをあげたりもらったりする例を出しておいた。実際に学習者と何か物をやりとりしながら、「あげる」「もらう」を指導すると、コミュニケーション場面がはっきりしてわかりやすいだろう。

2.「もらう」と「くれる」の使い方

　会話例のDVDのやりとりでは、「木村さんにもらいました」「木村さんがくれました」と、視点の移動によって「くれる」「もらう」を使い分けているが、学習者には「視点の移動」などという文法用語を説明する必要はない。

　3、4の「さしあげる」「いただく」「くださる」では、待遇場面を設定し、部長と部下、先生と学生、先輩と後輩など、上下関係、内外（ウチ・ソト）の関係、利害関係などによって、授受表現が変化することを理解させたい。

12課 授受補助動詞 ── ～てあげる・～てもらう・～てくれる

　授受動詞を動詞の「て形」につけて補助動詞として使うと、「恩恵や利益」を与えたり受け取ったりする意味になる。

　ただし、「Ｖ＋てあげる」「Ｖ＋てさしあげる」は、目上の人に対して使うと、「あなたのために」という恩着せがましい感じがするので、使い方には気をつけるよう指導したい。

　一方、「Ｖ＋てもらう」「Ｖ＋てくれる」は感謝の気持ちを表現することができ、人間関係を円滑にするために重要な表現なので、さまざまな場面で指導していただければと思う。

13課 させていただく・してもらう

　10課の用法３で学習した「望みや要求を遠慮ぎみに言うときの表現」の使役形を12課の授受補助動詞と一緒に使うと、よりていねいな依頼になる。アルバイトをしている外国人学生や日本の企業で働く外国人にとっては、コミュニケーションギャップを回避するためにも、ぜひ覚えておきたい表現だ。

　練習はこんなふうにしてはどうだろう。

（例）「使役形＋てください」　早退させてください。（強い要求）

　　　「使役形＋てもらいたいんですが」　早退させてもらいたいんですが。（遠慮ぎみな表現）

　指導するときに教師は、強い物腰の「させてください」に対して、「してもらいたいんですが」のときは柔らかい物腰でちょっと頭を下げるなど、ノンバーバルコミュニケーションにも気をつけたい。

（例）「使役形＋てもらえませんか」　早退させてもらえませんか。

　　　「使役形＋てくださいませんか」　早退させてくださいませんか。

　　　「使役形＋ていただきたいんですが」　早退させていただきたいんですが。

　　　「使役形＋ていただけませんか」　早退させていただけませんか。

　たくさんのパターンを指導しても、学習者は使いこなせない場合もあるので、教師が「この場面ではこの表現をぜひ教えたい」という表現を選んで指導するほうが、授業が散漫にならない。

　ここではノンバーバルコミュニケーションの練習の場だと思って、教師は演技者になってほしい。

14課 条件の表現 ── と・たら・ば・なら

　「条件の表現」というと、日常会話からかけ離れているように思われるかもしれないが、実際には会話に多用されている表現が多い。本書では学習者のコミュニケーションに役立つ表現を選んでいる。

　本書で使われている会話例の文を前後に分け、カルタのようなカードにし、教師が前文を読んで学習者に後文のカードを取らせたり、教師が前文を言って、後文は学習者に自由に言わせたりすると、授業が意外な展開を見せることがある。ぜひ試してみてほしい。

　条件文の「と」「ば」「たら」「なら」の中でも「たら」は最も使用頻度が高いので、「～たら」から教えるのも一つの方法である。しかし「たら」にもさまざまな用法がある。本書では条件の表現を６つに分けて、それぞれ会話例を挙げておいた。「たら」は、５の「確定条件」以外はすべての用法がある。

5. 確定条件を表す「もし～なら」

　ここでは「なら」が使われることが大部分で、「彼女が来るなら僕は帰る」「彼女が来たら僕は帰る」の意

味の違いを学習者に説明すると、「なら」の確定条件の要素を理解させやすい。

６．あり得ない条件を表す「もし〜だったら、〜したのに」

　この用法はグループでミニドラマを演じさせてもよい。「小学校のクラス会で皆さんは40年ぶりに会いました。『〜たら』をできるだけたくさん使ったドラマをしてください」などと設定して、あとの進行は学習者に任せてしまうと、実にさまざまな「〜たら」が出てくるに違いない。時には教師は黙って、学習者のドラマの観客になってはいかがだろうか。

最後に

　以上、著者である私たちから、実際に学習者を指導する先生方へのメッセージとして、この解説を書きましたが、会話の授業は「生きて」います。教室の場面に応じて、柔軟に対応する必要があります。また、学習者によっても、さまざまな工夫ができると思います。

　そんな工夫の数々を、ぜひ、私たちにお知らせいただければと思います。

　本書が「生きたコミュニケーション」のために役立つことが、著者一同の願いなのですから。

佐々木瑞枝

門倉　正美

ドリル解答

1課

練習1

(1) 通って　(2) 着いて　(3) 探して　(4) 着て
(5) 形をして　(6) 読んで　(7) 似て　(8) 待って　(9) して　(10) 行って

練習2

(1) 聞いて　(2) 始まって　(3) 結婚して　(4) 話して　(5) 開いて　(6) 食べて　(7) 立って

練習3

(1) うるさい音楽が鳴っています。
(2) 線路に一万円札が落ちています。
(3) 電車の中で、文庫本を読んでいます。
(4) 今日はジーンズをはいています。
(5) 力士はいつも堂々としています。

練習4

(1) e：急行電車に乗っています。
(2) d：次に歌う曲を探しています。
(3) f：料理を注文しています。
(4) b：映画を見ています。
(5) c：会議の資料を作っています。

2課

練習1

(1) 入れてある　(2) 書いてあります　(3) 置いてある　(4) はってありません　(5) かけてあった

練習2

(1) 落ちている　(2) ①書いてある　②壊れている　(3) 開けてある　(4) 開いています　(5) 飾ってあります　(6) ①ついている　②つけてある　(7) 書いている　(8) 掛かっている／掛けてある

練習3

(1) テーブルの上に花が飾ってあります。
(2) テーブルの上にカードが置いてあります。
(3) カードに「お誕生日おめでとう」と書いてあります。

練習4

(1) 　A：予約しましたか
　　 B：はい、もう予約してあります。
(2) 　A：換えましたか
　　 B：いいえ、まだ換えていません。
(3) 　A：読みましたか
　　 B：はい、いま読んでいます。
(4) 　A：勉強しましたか
　　 B：はい、いま勉強しています。
(5) 　A：書きましたか
　　 B：はい、いま書いています。
(6) 　A：買いましたか
　　 B：いいえ、まだ買っていません。
(7) 　A：入りましたか
　　 B：いいえ、まだ入っていません。
(8) 　A：教えてもらいましたか
　　 B：はい、いま教えてもらっています。
(9) 　A：話しましたか
　　 B：いいえ、まだ話していません。
(10) 　A：メモしましたか
　　 B：はい、もうメモしてあります。

練習5

(1) もう、運送屋さんに予約してあります。
(2) まだ、隣の部屋の人に引っ越しのあいさつをしていません。
(3) もう、家具の配置は決めてあります。
(4) まだ、引っ越し通知のハガキは書いていません。
(5) まだ、水道局に連絡していません。
(6) いま、食器を段ボールに詰めています。／まだ、食器を段ボールに詰めていません。

3課

練習1

(1) e　(2) f　(3) a　(4) b　(5) d　(6) c

練習2

(1) 出しておいた　(2) しまっておき　(3) 洗濯しておいた　(4) 予約しておこ　(5) 飲まないでおこ

練習3

(1) ①ある／おいた　②おく　(2) ①ある　②おき　(3) おいた　(4) ①あり　②おき　③あり④おき　(5) おいて

練習4

(1) コピーしてあります　(2) 予約しておいて　(3) ①出しておいて　②書いてある／書いておく　(4) 買っておく　(5) 置いておいて　(6) 張ってある

練習5

【解答例】

A：先輩留学生は、だれにしましょうか。

B：キムさんに頼んでおきましょう。

A：新入生のプロフィールを調べておかなくてはいけませんね。

B：じゃあ、一人一人にインタビューしておきます。

練習6

(1) 切っておく　(2) とっておく　(3) 切っておく　(4) 並べておく　(5) 作っておく　(6) しておく

4課

練習1

(1) 飲んでください　(2) つけてください　(3) 笑ってください　(4) 安くしてください　(5) 見せないでください

練習2

(1) 撮らないで　(2) 触らないで　(3) 吸って　(4) 食べないで　(5) 入れて

練習3

(1) d　(2) c　(3) b　(4) a

練習4

【解答例】

(1) すみません。電車を降りてからかけてください。

車内で携帯電話をかけないでください。

(2) すみません。ゴミは月曜か木曜に出してください。

今日はゴミを出さないでください。

(3) あのう、たばこは灰皿に捨ててください。

道路にたばこを捨てないでください。

(4) すみませんが、洗濯は昼間にしてください。

真夜中に洗濯をしないでください。

(5) 静かにしてください。

おしゃべりはしないでください。

5課

練習1

(1) 書いてしまい　(2) 読んでしまい　(3) 遅刻してしまい　(4) 骨折してしまった　(5) 吸ってしまい

練習2

(1) 飲みすぎちゃった　(2) はずれちゃった　(3) つぶっちゃった　(4) 行っちゃった　(5) 割っちゃった

練習3

①居眠りしてしまう　②考えてしまう　③買ってしまう　④忘れてしまう　⑤やってしまう　⑥食べすぎてしまう　⑦なってしまう　⑧泣いてしまう

練習4

①寝坊してしま／寝坊しちゃ　②遅刻してしまう／遅刻しちゃう　③忘れてしまう／忘れちゃう　④落としてしまう／落としちゃう　⑤乗り遅れてしまう／乗り遅れちゃう

練習5

(1) 土曜日に書いてしまった　(2) 忘れてきてしまった　(3) 本に、コーヒーをこぼしてしまった　(4) けんかしてしまった　(5) 食べてしまった

6課

練習1

(1) いき　(2) き　(3) き　(4) ①き　②いく

（5）いき

練習2

①出してきて　②取ってきて　③買ってきて
④連れていって　⑤帰ってきて

練習3

（1）ています　（2）ておこ　（3）てしまった／ちゃっ
た　（4）ていき　（5）てください　（6）できます（7）
てあります　（8）でください　（9）てしまった／
ちゃった　（10）て（い）ます

練習4

【解答例】

(1) 減っていくでしょう／子供の数は、これから
どんどん減っていくでしょう。

(2) だんだん増えてきました／離婚する人は、
これからも増えていくでしょう。

(3) 急に増えてきました／契約数は、もっと増加
していくでしょう。

練習5

大沢：コンロ、炭、ライター、新聞紙

村野：肉

浅田：野菜

ユン：調味料、箸、フォーク

7課

練習1

(1) ①開いて　②開けて　(2) ①壊れ　②壊し
(3) ①減り　②減らして　(4) ①残して　②残っ
て　(5) ①倒し　②倒れて　(6) ①汚し　②汚れ
(7) ①治っ　②治し　(8) ①冷えて　②冷やして
(9) ①起き　②起きて　③起こして　(10) ①ため
②たまら

練習2

(1) ①落ちました　②落とす　(2) ①消え　②消
し　(3) ①割れ　②割れ　③割っ　④割っ

練習3

(1) 乾き　(2) 開け　(3) たまっ　(4) 倒れ　(5)
起き

練習4

(1) A：乾かす（他動詞）　B：乾く（自動詞）
　　　かわ　　　　　　　　かわ

(2) A：届く（自動詞）　B：届ける（他動詞）
　　　とど　　　　　　　とど

(3) A：決まる（自動詞）　B：決める（他動詞）
　　　き　　　　　　　　き

(4) A：動かす（他動詞）　B：動く（自動詞）
　　　うご　　　　　　　うご

(5) A：変わる（自動詞）　B：変える（他動詞）
　　　か　　　　　　　　か

8課

練習1

①とめられ　②でき　③吸え　④借りられ

練習2

(1) 泳げない　(2) 見られる　(3) 買える　(4)
話せない　(5) 飼える　(6) 持ち込めない　(7)
洗える

練習3

(1) どこへでも　行けます　(2) 何杯でも　飲め
ます　(3) 何でも　食べられます　(4) 誰でも
借りられます　(5) どこででも　眠れます

練習4

①温められます　②温められます　③下ろせます
④使えます　⑤使えません

練習5

【解答例】

(1) 「準備中」　店はまだ開いていないから、入れ
ませんよ。

(2) 「遊泳禁止」　ここでは泳げないよ。

(3) 「立入禁止」　芝生の中に入れませんよ。

(4) 「禁煙」　ここでたばこは吸えませんよ。

(5) 「通行止め」　この道は通れませんね。

(6) 「自転車放置禁止」　ここには自転車を置けないよ。

(7) 「土足厳禁」　靴のままでは上がれないよ。
　　　　　　　　　　　　　　　　あ

9課

練習1

(1) 踏まれ　(2) 読まれている　(3) ほめられま
した　(4) 遊びに来られた　(5) 見られ
　　　　　　　　　こ

練習2

【解答例】

(1) 先生に、クラスに遅れないように注意されました

(2) 大切なウイスキーを息子に飲まれてしまいました

(3) 隣の家の赤ん坊に泣かれ

(4) リンダさんに、引っ越しの手伝いを頼まれました

(5) 4月に行われます

練習3

①降られ　②行かれ　③はさまれ　④居眠りされ
⑤出ていかれ

練習4

(1) 開催され　(2) 打ち込まれ　(3) ①質問され
②求められ　(4) 打ち上げられ　(5) 取り残され

練習5

運ばれています→運ばれる→運ぶ

生産されていました→生産される→生産する

輸入され→輸入される→輸入する

知られています→知られる→知る

食べられています→食べられる→食べる

呼ばれる→呼ばれる→呼ぶ

愛されています→愛される→愛する

占領されました→占領される→占領する

10課

練習1

(1) 洗わせる→洗わせられる／洗わされる

(2) 食べさせる→食べさせられる

(3) 持たせる→持たせられる／持たされる

(4) 待たせる→待たせられる／待たされる

(5) やめさせる→やめさせられる

練習2

①通わせ　②行かせ　③習わせ　④させ　⑤読ませ　⑥通わせられ／通わされ　⑦行かせられ／行かされ　⑧読ませ

練習3

(1) 休ませ　(2) 食べさせられ　(3) 寝させ　(4) させ　(5) 歌わせられ／歌わされ

練習4

【解答例】

(1) 大学の医学部に行かせます。／命の大切さを教えます。

(2) 児童劇団に入れます。／本をたくさん読ませます。

(3) スイミングクラブに通わせます。／体力をつけさせます。

(4) おいしいケーキをたくさん食べさせます。／料理の手伝いをさせます。

練習5

(1) ①受験させる　②練習させられる

(2) ①好きなことをさせている　②行かされる

(3) ①残業させる　②休日出勤させられる

11課

練習1

(1) ①いただいた／もらった　②やった／あげた

(2) ①あげ　②さしあげた　(3) もらった　(4) いただいた　(5) くれ／もらえ　(6) くださった

(7) ①もらった　②やる

練習2

(1)

【解答例】

① お正月に、お父さんは子供にお年玉をやりました。

② バレンタインデーに、男性は女性からチョコレートをもらいます。

③ 入学祝いに、おばさんがお金をくださった。

④ 母の日に、子供はお母さんに赤いカーネーションをあげる。

⑤ 父の日に、子供がブランド物のネクタイをくれた。

⑥ お中元に、取引先の人からお菓子をいただいた。

⑦ 敬老の日に、老夫婦は、孫からおいしい和菓子をもらった。

⑧ クリスマスに、お父さんとお母さんが、私のほしかったぬいぐるみをくれた。

⑨ お歳暮に、お世話になった先生にワインをさし
あげた。

⑩ お父さんの誕生日に、家族のみんなからネクタ
イをあげた。

(2)【自由解答】

練習3

(1) ①チョコレートをもらった
②チョコレートをあげた

(2) ①45本のバラの花をあげた
②45本のバラの花をもらった

(3) ①ＣＤプレーヤーをやった（あげた）
②ＣＤプレーヤーをもらった

(4) ①新作ビデオをくれた
②新作ビデオをもらった

12課

練習1

(1)①あげ　②もらっ　(2)①あげ　②もらう　(3)
いただいた　(4) もらえ／いただけ

練習2

(1) ①手伝ってもらいました　②手伝ってくれま
した

(2) ①見てもらいました　②見てあげました

(3) ①ほめていただきました　②ほめてください
ました

(4) ①いれてあげました　②いれてもらいました

(5) ①代わってもらいました　②代わってあげま
した

練習3

【ＡＢの会話と①②は解答例】

(1) e

A：すみません、横浜駅へはどう行けばいい
ですか。

B：ああ、横浜駅は、あの交差点を左に曲がっ
たところですよ。

①Bさんに横浜駅への行き方を教えてもらった

②Aさんに横浜駅への行き方を教えてあげた

(2) f

A：きのうの講義、休んじゃったんだけど、
ノート貸してくれない？

B：うん、その講義のノートならとってあ
るよ。

①Bさんに講義のノートを貸してもらった

②Aさんに講義のノートを貸してあげた

(3) d

A：だいぶ遅くなっちゃった。うちまで送っ
てもらえないかな。

B：ああ、車で来ているから、送ってあげるよ。

①Bさんに車でうちまで送ってもらった

②Aさんを車でうちまで送ってあげた

(4) b

A：こんどの日曜日に引っ越しをするんだけ
ど、人数が足りなくて困ってるんだ。手
伝ってもらえない？

B：いいよ。日曜日は暇だから。

①こんどの日曜日、Bさんに引っ越しを手伝っ
てもらう

②こんどの日曜日、Aさんの引っ越しを手伝っ
てあげる

練習4

(1) 切ってもらいました　(2) 切られました　(3)
来てくれました　(4) 来られました　(5) 読んで
もらいました　(6) 読まれました　(7) 撮られま
した　(8) 撮ってくれました　(9) 捨てられまし
た　(10) 捨ててくれました

13課

練習1

(1) 休ませていただき　(2) 使わせていただき
(3) コピーさせていただけ　(4) 送らせていただ
き　(5) させていただけ

練習2

(1) b　(2) c　(3) a　(4) e　(5) f　(6)
d

練習3

(1) 宏　(2) 健一　(3) 部長　(4) 鈴木　(5) サ

ハ　(6) サハ　(7) 岡田　(8) 鈴木　(9) 真由美

(10) 隆

練習4

【解答例】

(1) ①荷物を置かせていただきたいんですが。

　　②この荷物、とても重いんです。

(2) ①あした、休ませていただきたいのですが。

　　②大使館に用事があるんです。

(3) ①パソコンを使わせていただけますか。

　　②日本語の勉強のために必要なんです。

(4) ①テープに録音させていただけますか。

　　②レポートを書くのに必要なんです。

(5) ①集会室を使わせていただきたいんですが。

　　②パーティーを開きたいんです。

練習5

(1) 当ホテルの支配人が、ひと言、ごあいさつを
させていただきます。

(2) それでは、パーティー会場へご案内させてい
ただきます。

(3) ただいまより、卒業記念パーティーを始めさ
せていただきます。

(4) 私、伊藤が、本日の司会を務めさせていただ
きます。

(5) それでは、ジャパン大学の青山教授をご紹介
させていただきます。

(6) これをもちまして、パーティーを終了させて
いただきます。

(7) 当レストランは、日曜日は休業させていただ
きます。

(8) 本日の営業は午後8時までとさせていただき
ます。

(9) 私の意見を述べさせていただきます。

(10) パーティーには、喜んで参加させていただき
ます。

14課

練習1

(1) やめたら・やめれば・やめると・やめるなら

(2) 急いだら・急げば・急ぐと・急ぐなら

(3) 登ったら・登れば・登ると・登るなら

(4) 高かったら・高ければ・高いと・高いなら

(5) 静かだったら・静かであれば・静かだと・静
かなら

練習2

①たら　②ば　③と　④と　⑤なら

練習3

(1) 結婚できたら・結婚できれば　(2) デートす
るなら　(3) 行ったら　(4) 飲むと・飲んだら

(5) うまかったら・うまければ　(6) 買うなら

(7) あったら・あれば　(8) 暑かったら・暑ければ・
暑いなら　(9) なったら・なれば・なると　(10)
するなら

練習4

(1) 誘ったら：g　(2) 言ってくれたら・言って
くれれば・言ってくれたなら：a　(3) 食べてみ
たら・食べてみると：d　(4) 間に合わなかった
ら・間に合わなければ・間に合わないなら：f

(5) 飲んだら・飲めば・飲むと：e　(6) 行くな
ら：c

練習5

【解答例】

(1) 山登りに行こうよ

(2) お酒が飲める

(3) 北海道ではたくさん雪が降ります

(4) 仕事が暇になるだろうから、海外旅行をしよう

(5) 東京で一人暮らしがしたい

(6) 日本では、仕事を辞める人が多い

(7) きっと雨はやんでいるだろう

(8) 再就職したい

練習6

【解答例】

(1) e：学校を卒業したら、日本で就職します。

(2) j：財産が1億円あれば、マンションが買え
るのに。

(3) d：就職できなかったら、アルバイトをしよ
うと思います。

(4) f：デートに誘われたら、新しい服を買いた
　　いです。

(5) c：道で1000円拾ったら、交番に届けます。

(6) i：夜中に地震が起きたら、懐中電灯をつけ
　　ます。

ドリル聴解問題スクリプト

1課　練習4　　T-08

(例) A：ここのコーヒー、おいしいよね。

B：うん。静かだし、落ち着くよね。

(1) A：え、次の駅、止まらないんですか。

B：ええ、これは急行ですよ。

(2) A：次、この曲にしようかな。

B：あ、その曲は私が次に歌う。

(3) A：私はハンバーグにしよう。この店のハンバーグ、おいしいのよ。

B：僕はビーフシチュー。それと、コーヒーをお願いします。

(4) A：この映画、つまらないなあ。眠くなっちゃう。もう出ない？

B：あともう少しだから、我慢しようよ。

(5) A：会議の資料できた？　早く仕上げないと、会議に間に合わないよ。

B：大丈夫よ。あと、これを印刷して、コピーすればいいだけだから。

2課　練習5　　T-14

(例) きのう、電話会社に連絡して、電話を止めるように頼みました。

(1) 運送屋さんには、2週間前に予約しました。

(2) 隣の部屋の人には、あした、引っ越しのあいさつをします。

(3) 新しい家の、家具の配置は決まりました。

(4) 引っ越し通知のハガキは、新しい家で書きます。

(5) 水道局に連絡するのを忘れていました。

(6) 今日中に、食器を段ボールに詰めようと思っています。

3課　練習6　　T-20

まず、材料を準備しましょう。

長ねぎは、斜めに切ります。白菜、春菊、えのき

だけなどの野菜は、適当な大きさに切ります。しいたけは、軸を取ります。焼き豆腐は8等分に切ります。しらたきは、食べやすい長さに切ります。牛肉はお皿に1枚ずつきれいに並べます。野菜も、お皿に並べます。

次に、こんぶとかつおぶしのだし汁を作ります。そのだし汁に、しょうゆ、みりん、日本酒を混ぜて、適当な味にします。これがすき焼き用のたれです。最近は「すき焼き用のたれ」を売っていますから、そこに調味料を足して自分の好みの味にしてもいいですよ。

さて、ここからは、食卓にコンロを置いて、料理しながら食べます。鉄の鍋に牛の脂をひいて牛肉をサッと焼きます。肉の色が変わったら、すき焼き用のたれを入れます。そして、野菜や焼き豆腐、しらたきなどを入れていきます。煮えたところから食べてください。材料は全部一度に入れてしまわないで、食べる分だけ入れていくほうがおいしいですよ。

4課　練習4　　T-26

(例) ここは静かな住宅街にあるマンションです。今、夜中の1時です。でも、隣の部屋からカラオケの歌声が聞こえてきて眠れません。

(1) 電車に乗っています。隣の男の人は、携帯電話でずっと話しています。

(2) ゴミを出す日は月曜日と木曜日です。今日は日曜日です。女の人が、ゴミを置いていきました。

(3) 町を歩いています。前を歩いている男の人は、歩きながらたばこを吸っています。あ、たばこを道路にポイと捨てました。

(4) 夜中の3時。あなたはぐっすりと寝ていました。それなのに、マンションの上の部屋から、洗濯機を回す音が聞こえます。あなたは目が覚めてしまいました。

(5) 映画を見に来ました。とてもいい場面なのに、隣の人たちがおしゃべりをして、うるさいです。

5課　練習5　　🔊 T-32

(1) 月曜日の会議では私がプレゼンテーションすることになっている。レポートは土日に家で書く予定だったけど、土曜のうちに書くことができた。

(2) 今日は月曜日。プレゼンテーションの日だ。遅刻してはいけない。少し早く家を出よう。会社に着いて、カバンを開けたら……レポートがない！

(3) 僕の妹は小説が好きだ。大ファンの作家がいて、その作家の新刊を貸してくれた。とてもおもしろい。コーヒーを飲みながら読んでいたら、本の上にコーヒーがこぼれた。どうしよう。

(4) 妹に本を返した。コーヒーがこぼれて、読めないページがある本だ。妹はすごく怒った。僕も「そんなに怒らなくてもいいだろう」と怒鳴って、けんかになった。

(5) 最近、太ってきた。今日は食べ放題のレストランでパーティーだけど、デザートを食べるのはやめよう。あ、僕の好きなチョコレートケーキがある。おいしそうだな。ちょっと食べちゃおうかな。

6課　練習5　　🔊 T-38

リーダー：持っていくものは、みんなで分担しよう。だれか、コンロを持ってる？　あ、大沢くん、持ってたんじゃない？

大　沢：ああ、うちにあるよ。車で行くから、僕が持っていくよ。

リーダー：そうか、よかった。じゃ、大沢くん、頼むね。あと、炭とか、火をつけるためのライターや新聞紙とかも大丈夫？

大　沢：オッケー、じゃ、僕は火をおこすのに必

要なものをそろえて持っていくよ。

リーダー：頼むよ。食料は、女の人たちに頼もうかな。村野さん、野菜を買ってきてくれる？

村　野：えー、野菜は重くて無理よ。私はお肉がいいなあ。野菜は、車で行ける人、お願い。浅田さんはどう？

浅　田：いいよ、私が買っていく。私は車で行くから。

リーダー：じゃ、浅田さんに野菜をお願いするね。ユンさんは、電車で来るから軽いものがいいね。何か持ってこられる？

ユ　ン：私は調味料でいい？　あと、お箸やフォークなんかも、うちにあるから、持っていくね。

リーダー：ありがと。あとは、飲み物とコップだね。それは僕が買っていこう。あと、必要なものは——。

7課　練習4　　🔊 T-46

(例) A：上田さんが忘年会の会費を集めました。
　　 B：いくら集まりましたか。

(1) A：乾燥機で洗濯物を乾かしましょうか。
　　 B：もう乾いていますよ。

(2) A：書類がまだ届いていません。
　　 B：あした、必ず届けます。

(3) A：この冬のボーナスの額が決まりました。
　　 B：いつも社長がひとりで決めるんですよね。

(4) A：この机、動かすの手伝ってもらえますか。
　　 B：いいですよ。あ、重いですね。なかなか動かないな。

(5) A：机の位置が変わりましたね。
　　 B：ええ、部屋の雰囲気を変えてみたんです。

8課　練習5　　🔊 T-51

(例) このベンチに座って話しませんか。

(1) あ、素敵なレストランですね。この店でランチを食べませんか。

(2) きれいな海だね。人もいないから静かでいいね。ここで泳ごうよ。

(3) ずいぶん歩きましたね。飲み物を買ってきますから、芝生に座ってちょっと休みましょうか。

(4) ずいぶん長い会議でしたね。ああ、疲れた。たばこを吸いたいですね。あそこのテーブルで一服しませんか。

(5) 今日はずいぶん渋滞していますね。運転手さん、次の角を曲がって、裏道を通ってもらえませんか。

(6) 駅前の自転車置き場はいつもいっぱいだね。置く場所がないなあ。ちょっと、この店の前に置かせてもらおうか。

(7) 京都にはたくさんいいお寺があるけど、ここはずいぶん大きなお寺だね。廊下を歩いてみようよ。ここから上がっていいのかな。

9課 練習5　　T-57

沖縄は一年中暖かいところです。冬でも野菜や花が作られ、飛行機で大都市に運ばれています。以前は、沖縄で、全国の60%のサトウキビが生産されていました。しかし、外国から安いサトウキビが輸入され、今は生産が減っています。

沖縄は、長生きのお年寄りが多いことでも知られています。沖縄では、豚肉や豆腐が、ほかの県よりも多く食べられています。沖縄の暖かい気候と、こうした食生活が長生きの秘密かもしれません。

また、沖縄には「泡盛」と呼ばれる、とても強いお酒があります。「泡盛」は、全国のお酒好きの人たちに愛されています。

第二次大戦後、沖縄はアメリカに占領されました。今でも、沖縄には米軍基地が多く、いろいろな問題が起きています。

10課 練習5　　T-63

(1) 高校生A：あーあ、うちに帰りたくないな。

高校生B：どうしたの？

高校生A：帰ったら、毎日、ピアノのレッスンなの。

高校生B：へえ、音楽大学でも受けるの？

高校生A：うん、私が「ピアニストになりたいなあ」って言ったら、母が、「絶対、音楽大学受験させる」って張り切っちゃって。毎日3時間も練習させられるんだよ。

高校生B：そうかあ。でも、ピアニストになれるかもしれないじゃない。頑張ってみれば？

(2) 小学生A：うちのお母さん、テニスが大好きなんだ。日曜日はいつもテニスに行くから、うちのことなんにもしないんだよ。

小学生B：へえ、なんにもって？

小学生A：日曜日は、お父さんがご飯を作るんだ。僕も買い物に行かされるから大変だよ。

小学生B：へえ、お父さん優しいね。お母さんの好きなことをさせているんだね。

(3) 同僚A：最近、リストラで人が減ったから、私の仕事が増えちゃって。

同僚B：大変そうね。

同僚A：部長ったら、毎日、残業させるのよ。

同僚B：でも、休日出勤させられるよりはいいんじゃない？

11課 練習3　　T-69

(例) 木村：佐藤くん、この間あげた本ね。

佐藤：ああ、この間の本ね。

木村：どうだった？　もう読んだ？

佐藤：あ、いや、まだなかなか読むひまがなくて。

(1) 清水：赤井さん、この間のチョコレートね。

赤井：ああ、バレンタインデーのね。

清水：あれ、すごくおいしかったよ。

赤井：そう、それはよかったわ。だって、すごく高かったんだから。

(2) 夫：45歳の誕生日おめでとう。
　　妻：あら、覚えていてくれたの。
　　夫：はい、45本のバラの花をあげよう。
　　妻：まあきれい。ありがとう。うれしいわ。

(3) 父：ゴルフの景品で、ＣＤプレーヤーをもらったんだ。
　　息子：へえ、すごいね。
　　父：お父さんは使わないから、お前にやるよ。
　　息子：ありがとう。これ、欲しかったんだ。

(4) 姉：この新作ビデオ、どうしたの？
　　弟：友達がくれたんだ。
　　姉：友達って、だれ？
　　弟：中井さんだよ。

12課 練習4　　T-75

(例1) 私はニンジンが嫌いです。昼ご飯のとき、太郎くんが私のニンジンを食べました。ありがとう、太郎くん。

(例2) おみやげにもらったケーキを冷蔵庫に入れておいたら、弟が全部食べました。私も食べたかったのに……。

(1) 美容院に行きました。暑いので「短く切ってください」と頼みました。とても似合います。

(2) 美容院に行きました。あまり短くしたくありませんでした。でも、美容師さんが間違って短く切りました。ああ、悲しい。

(3) きのうは私の誕生日でした。友達がたくさんパーティーに来ました。うれしかったです。

(4) 夜の11時30分です。今から寝ようと思います。【チャイムの音】友達が来ました。いやだなあ……。

(5) 私：ねえ、お母さん。高木先生の手紙、むずかしい漢字が多くて読めないの。
　　母：どれ、見せて。

(6) 私：お母さん、森くんからの手紙、読んじゃったでしょう。私に来た手紙よ。

(7) きのう、バスで居眠りしたら、健一くんが僕の寝ている顔の写真を撮りました。いやだなあ。

(8) きのう、クラスでスピーチをしたとき、田中さんが私の写真を撮りました。写真ができたら、国の母に送るつもりです。ありがとう、田中さん。

(9) 大事な書類を机の上に置いておいたら、鈴木さんが間違えて捨ててしまいました。困ったなあ。

(10) きのう、私はとても忙しかったです。ゴミを捨てに行く時間がありませんでした。隣の山田さんが、私のゴミも一緒に捨てました。山田さん、ありがとう。

13課 練習5　　T-80

(1) 当ホテルの支配人が、ひと言、ごあいさつをいたします。

(2) それでは、パーティー会場へご案内いたします。

(3) ただいまより、卒業記念パーティーを始めます。

(4) 私、伊藤が、本日の司会を務めます。

(5) それでは、ジャパン大学の青山教授をご紹介いたします。

(6) これをもちまして、パーティーを終了いたします。

(7) 当レストランは、日曜日は休業いたします。

(8) 本日の営業は午後8時までといたします。

(9) 私の意見を述べます。

(10) パーティーには、喜んで参加します。

14課 練習6　　T-88

(例) A：今月、家賃が払えそうにないよ。
　　B：うちからの仕送りはないの？
　　A：仕送りがあったら苦労しないよ。

(1) A：今度の試験が終わったら卒業だね。
　　B：せっかく友達になったのに、お別れだね。
　　A：これからどうするの？

(2) A：駅前に素敵なマンションが建ったね。

B：うん、でも、高そう。

　　A：頭金ぐらいはあるんだけどなあ。

(3)　A：どう、就職活動はうまくいってる？

　　B：12社もまわったのに、どこからも内定が

　　　　もらえないんだ。

　　A：それじゃ、どうするの。

(4)　A：達也のこと、すごく気になるんだ。

　　B：達也のこと好きなんでしょ。知ってたよ。

　　A：実はね、映画に誘われてるんだ。

(5)　A：なんで下向いて歩いてるの。

　　B：今、お金がないの。

　　A：お金なんてめったに落ちてないよ。

(6)　A：日本は地震が多いそうですね。

　　B：ええ。普段から気をつけて水や食べ物を

　　　　用意しておいたほうがいいですよ。それ

　　　　から懐中電灯もね。

　　A：懐中電灯ですか。

已經超過 12 點了。
動詞・て形的應用（１）—～ている

<會話>
木村先生和佐藤先生，在前往宴會會場的計程車上交談著。
木村：塞車塞得可真嚴重！
佐藤：都已經超過 12 點了。
木村：要是來不及參加宴會，那就糟了。
佐藤：搭地下鐵去的鈴木先生都已經到了喔。
木村：他一定很擔心吧！
佐藤：他已經在喝啤酒了。

<本課學習重點>
「V(動詞)＋ている」大致可分為５種用法。
1. 表示正在進行中的動作→正在喝啤酒。
2. 發生某件事情，表示那件事情結果狀態的持續→已經抵達了。
3. 表示每天持續性或習慣性的事→以地下鐵往返。
4. 表示穿著打扮→穿著牛仔褲。
5. 表示原來的狀態（「V＋ている」的句型常用的動詞）→相似、彎曲等。

【１】正在喝啤酒
―表示正在進行中的動作
a. 今天從早上就一直下著雨。
b. 在電車中一直在看書。
c. 從剛才開始就只有他一直在說話。
d. 吵雜的音樂一直響著。
e. 南瓜已經煮了 30 分鐘了。

■邊吃飯邊交談著。
鈴木：你還在吃啊？
山田：我才吃第 3 碗啊！

■在餐廳邊等待空位邊交談著。
上田：都已經等了 30 分鐘了。還沒有空位嗎？
武井：那桌客人明明都已經吃完了，卻還在閒聊著。

【２】鈴木先生已經到了喔
―發生某件事情，表示那件事情結果狀態的持續
a. 那扇門從昨天就一直開著。
b. 包裹已經寄到了。
c. 啊！魚缸裡的熱帶魚死了。
d. 有張一萬圓紙鈔掉在鐵軌上。
e. 背後的紐扣脫落了喔。

■地震之後回到家的對話。
和夫：不得了了！書架倒下來了。
惠子：好大的地震啊！

■在機場辦理報到手續的櫃台交談著。
　鈴木　：已經開始辦理登機手續了嗎？
櫃台人員：是的，在 5 分鐘前便已經開始了。
＊「ております」是「ています」的禮貌語

【３】在建設公司工作
―表示每天持續性或習慣性的事
a. 我每天晚上都會喝啤酒。
b. 我每天早上都是搭頭班電車。
c. 我習慣在電車上看文庫本（袖珍型平裝書）。
d. 在公司，我是坐櫃台的位置。
e. 我騎腳踏車通勤去大學。

■就職時和面試官的對話。
面試官：你平常都是看什麼報紙？
長　島：我喜歡看財經報。
面試官：常看什麼電視節目呢？
長　島：我常看時事的特別報導。

【4】戴著鑽戒

一表示穿著打扮

a. 我總是穿著西裝（毛衣、大衣、白襯衫、連身裙）。

b. 穿著牛仔褲（裙子、襪子、褲子、鞋子）。

c. 那個人戴著領帶（圍巾、領巾、項鍊、戒指）。

d. 戴著手套（戒指、手錶、手鍊）。

e. 我父親總是戴著很時髦的帽子。

■在電話中。木村先生第一次約坂本小姐見面。

坂本：那就5點，在新宿車站的南口見。

木村：我會穿灰色的西裝，那坂本小姐妳呢？

坂本：我會戴黑色的帽子、太陽眼鏡。而且手上
　　　會戴著一顆大鑽戒。

木村：（真的嗎？）

【5】和爸爸長得很像

一表示原來的狀態（「V＋ている」的句型常用的
動詞）

不指「動作、行為」，而是表示「呈現何種狀態？」，
帶有形容詞的意思。

a. 關西菜的調味很清淡。

b. 為那種事而悶悶不樂，真是愚蠢。

c. 木村先生即使沒錢也很悠然自得呢！

d. 你不管去什麼地方都顯得威風凜凜。

e. 那個人，還真是奇怪呢。

一像、聳立、形狀為……、優秀

這些動詞不是使用「あの二人は似ますね」的形
式，而是像「似ていますね」，通常以「V＋てい
ます」的方式出現，務必注意。

【像】

真由美：你長得真像你父親！

　隆　：是呀！大家都說很像。

【聳立】

佐藤：對面聳立著的是什麼山？

木村：那是北阿爾卑斯群山。

【形狀為…】

　隆　：這條魚的形狀好奇怪喔！

真由美：聽說是深海的魚類。

【優秀、卓越】

約翰：日本的官僚組織很健全吧！

木村：那不盡然，也有很多黑暗面呢。

2課

影印好20份了。

動詞・て形的應用（2）─～てある

＜會話＞

在公司，齊藤經理和鈴木先生，正在談論著資料。

經理：鈴木，文件上寫了些什麼？

鈴木：寫著「公司內部機密文件」。

經理：因為最好是不要讓別的公司知道。

鈴木：今天會議上要用的，我已經影印好20份了。

經理：啊，是嗎。謝謝。在影印時也要小心喔。

＜本課學習重點＞

「V(動詞)＋てある」有2種用法。

1. 表示某人做過的行為，結果狀態持續至今→
畫掛在牆壁上

2. 表示完成準備或安排→已經對他說了

接在「てある」前面的動詞是他動詞。「畫掛在
牆壁上」即含有「某人把畫掛在牆上」的意思，
動詞不是使用自動詞（掛かる），而是要用他動
詞（掛ける）。

3. 「他動詞＋てある」和「自動詞＋ている」的
對照

動作沒有結束的時候是用「V＋ていません／て
いない」，結束的時候就要使用「V＋てあります
／てある」。

4. 「まだV＋ていません」和「もうV＋てあり
ます」的對照

【1】寫著「公司內部機密文件」

一表示某人做過的行為，結果狀態持續至今

a. 窗戶已經打開了喔。

b. 暖爐已經開了。

c. 租來的滑雪用具已經還了吧。

d. 這封信沒寫收件人。

e. 貴重物品已經寄放在櫃台了。

■蘭先生結束旅行，回到他的住處。

蘭　：洗好的衣服都已經折好了呢。

約翰：房間也打掃過了。這裡放了一封信。

蘭　：這是我戀人的字。好開心啊。

【2】影印好20份了

一表示完成準備或安排

a. 票已經買好了嗎？

b. 演講稿，已經寫好了吧！

c. 料理的材料已經買好了。

d. 啤酒已經冰好了。

e. 已經預約好了嗎？

■正向朋友報告結婚的事情。

武井：我明年要結婚。

坂本：恭喜你。婚禮的日期都定好了嗎？

武井：是的，蜜月旅行也已經預約好了。

坂本：準備結婚需要很多錢吧！

武井：沒問題的，我把獎金全部存起來了。

【3】啤酒冰過了嗎？／啤酒正冰著嗎？

一「他動詞＋てある」和「自動詞＋ている」的對照

兩者均為表示狀態之意，但「他動詞＋てある」是關注於某人做了某事的其「行為」；而「自動詞＋ている」關注的是「結果的狀態」。

a. 大門已經開著。／窗戶也開著。

b. 已為老師空出座位。／這家電影院，還有很多空位。

c. 掛有漂亮的字畫呢。／紅色的大衣掛在衣架上。

■正在談論關於家裡的電話。

武井：坂本先生家裡的電話經常是電話答錄機的聲音呢。

坂本：因為最近很多惡作劇電話，所以才那麼做。

【4】還沒影印／已經影印好了

一「まだＶ＋ていません」和「もうＶ＋てあります」的對照

表示動作還沒結束的時候用「Ｖ＋ていません／Ｖ＋ていない」。「宿題をしましたか」的回答，沒有做完的時候是回答「いいえ、まだしていません」（Ｘ「いいえ、まだしません」）；做完的時候回答就是「はい、もうしてあります」。

a. 還沒吃晚飯。／晚飯已經準備好了。

b. 報告還沒寫嗎？／報告已經提交了。

c. 已經聯絡約翰先生了嗎？／不，還沒聯絡。

■正在談論搬家的準備。

武井：聽說要搬家啊。行李已經準備好了嗎？

坂本：不，還沒準備。

武井：搬家公司聯絡好了嗎？

坂本：是的，那早在2星期前就聯絡好了。

3課

預約好飯店了

動詞・て形的應用（3）—～ておく

<會話>

鈴木先生正在為齊藤經理做出差的準備。

經理：下星期的出差準備好了嗎？

鈴木：是的。昨天已預約好飯店了。

經理：這個行李，請先送到分公司去。

鈴木：是，知道了。

經理：機票送來的話，請先放在桌上。

鈴木：是。

＜本課學習重點＞

「Ｖ（動詞）＋ておく」有２種用法。

1. 表示預做準備、安排→事先預約了。
2. 表示不改變現在的狀態，照原樣放置不管→放在那裡。

表示準備的情況，「Ｖ＋ておく」關注在動作上，而「Ｖ＋てある」注意的是狀態。

3. 「Ｖ＋ておく」和「Ｖ＋てある」的對照。

在會話上也使用簡略的說法。

4. 會話上常使用「Ｖ＋とく」和「Ｖ＋どく」

【１】預約好飯店了

一表示預做準備、安排

a. 先將房間打掃乾淨！

b. 垃圾已先拿出去了。

c. 已先將衣服掛在衣架上了吧。

d. 用過的餐具要先洗好。

e. 天氣已經轉涼了，所以夏天的衣服先收起來吧！

■正在計畫旅行。

鈴木：在賞楓的季節，京都將會擠滿人潮。

上田：那麼，我們就先提早預約好飯店吧！

鈴木：9點在車站南口會面吧！

上田：好的，我先打電話給武井小姐。

【２】因為很熱，請開著空調。

一表示不改變現在的狀態，照原樣放置不管

a. 請開著暖爐。

b. 請不要管我的事。

c. 餐桌的餐具請放著就好。

d. 這份文件經理稍候會看，所以先放在這裡。

■在公司的會話。

武井：先來整理會議室的文件吧？

木村：等一下要再看一次，所以請先放在那裡。還有，我要出去一下，冷氣開著就好，因為回來的時候會熱。

武井：是，知道了。

【３】晚點先打電話／已經打過電話了ー「Ｖ＋ておく」和「Ｖ＋てある」的對照

兩者均表示準備的意思，但「Ｖ＋ておく（エアコンをつけておく）」是關注於動作；「Ｖ＋てある（エアコンがつけてある）」則是關注於狀態。

a. 已經先開了冷氣。／冷氣已經開著了。

b. 先鋪棉被吧。／已經鋪好了喔。

c. 你申請簽證了嗎？／是的，我在1個禮拜前已經先申請好了。

■在日語學校內，坂本老師正和學生交談。

坂本：你已經報名了日本語能力試驗了嗎？

蘭　：是的，我昨天已先去報名了。

坂本：報名是到後天截止。你有告訴吉姆同學嗎？

蘭　：好的，我今天會先打個電話給他。

【４】我先打電話

一會話上常使用「Ｖ＋とく」和「Ｖ＋どく」

「Ｖ＋とく」是「Ｖ＋ておく」的簡略說法形式；「Ｖ＋どく」是「Ｖ＋でおく」的簡略說法形式。

a. 到明天為止一定要讀這本書。

b. 先佔好第4節課的座位喔！

c. 請不要管我！

d. 聽說這種乳酪再放10天左右會變得更好吃。

■在大學，健一正在和朋友阿宏交談。

健一：誰要聯絡缺席的人？

宏　：我會先打電話給張同學。

健一：明天你會去上第4節課吧！

宏　：我知道啦。點名時我會替你回答的。

4課

請按快門

動詞・て形的應用（４）ー～てください

＜會話＞

鈴木小姐等人正要拍團體照。

鈴木：那麼，我們就在這邊照相吧！請大家來這邊集合。

上田：拜託那個人幫我們照相吧！不好意思，請你幫我們按一下快門。

行人：好的。請大家再稍微往中間靠。好 笑一個！

上田：啊！我閉眼睛了。嗯，請再照一張。

行人：好的。那麼，可以了嗎？這次請不要再閉上眼睛了喔！

<本課學習重點>

學習在動詞て形後加「ください」，學習當請求他人做某事時的表達方式。依據不同狀況也有較適合使用「くださいませんか」的時候。

1.「V（動詞）＋てください」是表示願望或要求→各位，請集合。

2.「V＋ないでください」是表示禁止的要求→請不要閉上眼睛喔。

3.「どうぞV＋てください」是向他人勸誘、建議時常用的表現→請自便。

在會話中，「ください」的部分有時可以省略。

4.「ください」的省略→讓我看看那本書。

【1】各位，請集合

—「V＋てください」表示願望或要求

a. 請在飯後吃藥。

b. 請將車移到停車場。

c. 請排在隊伍的後面。

d. 要打開時，請按此按鈕。

e. 在生日前，請勿打開禮物。

■山田先生現在要出差。

山田：請到羽田機場。

司機：是，明白了。

山田：司機先生，請再開快一點。

司機：沒辦法啦！請看後面，有警車。

山田：啊！資料忘了帶！對不起，請再開回去。

司機：什麼！這裡是高速公路耶！

【2】這次請不要再閉上眼睛了

—「V＋ないでください」表示禁止的要求

a. 請勿將鞋穿進屋內。

b. 請勿在浴缸內洗身體。

c. 請勿將此書攜出。

d. 請勿在星期日倒垃圾。

e. 請勿在課堂上嚼口香糖。

■山田先生和野上先生來到美術館。

山田：好美的畫呀！拍一張當作紀念！

館員：啊，請勿在這裡拍照！

山田：坐在這沙發上休息一下吧。

野上：好啊。要不要抽根菸？

館員：對不起。請勿吸煙！

山田：請不要什麼事都那麼生氣嘛！

【3】請自便

—「どうぞV＋てください」表示向他人勸誘、建議

a. 請坐裡面的位子。

b. 請用湯匙吃。

c. 請用這把傘。

d. 請您先進去。

e. 請自由使用我的房間。

■山田先生去拜訪惠子小姐。

山田：這一點小意思，請品嚐。

惠子：謝謝。

惠子：請自便。

山田：好的，謝謝。

山田：那我告辭了。

惠子：下次請務必帶您太太一起來玩。

【4】請稍待

—省略「ください」。會話中有時會省略「ください」

a. 請在下個禮拜前閱讀這本書。

b.請買這件套裝。

c.請在此照張相。

d.請謄寫這份原稿。

e.請改正日語的錯誤。

■在教室內。學生們正在交談。

弘美：橡皮擦借我。

純　：嗯，好的。

純　：那本漫畫書，看完了借我看。

弘美：你等一下，我就快看完了。

5課

在今天內做完

動詞・て形的應用（5）─〜てしまう

<會話>

鈴木先生正在加班。

上田：你好像很忙呢。

鈴木：因為後天之前必須完成的工作我還沒做完。

上田：那明天電影的試映會沒辦法一起去了吧？

鈴木：咦！不，那沒問題。我來加班，在今天之
　　　內把它做完。

（隔天早上）

鈴木：主任，前幾天您交給我的資料，已經做好了。

岡田：真的已經做完了嗎？你不都是拖到最後一
　　　刻才交的嗎？

<本課學習重點>

「V（動詞）＋てしまう」有3種用法。

1.表示完成、完結→作業已經做完了

2.表示懊悔、失望→珍貴的手錶掉了

3.表示無意識的行動→不知不覺地鞠躬了

在會話上常使用縮短形。

4.「V＋てしまう」和「V＋でしまう」的簡略
　說法

【1】在今天內做完

─表示完成、完結

a.舞會在1個小時前結束了。

b.快點吃完！

c.報告昨天就已經寫完了。

d.那本雜誌上個星期就看完了。

e.那本書別人已經借走了。

■隆和真由美正在約會。

隆　：對不起，我來晚了。

真由美：真的很慢耶，電影都開演了。

真由美：你快點決定要點什麼東西。服務生在等
　　　　你呢。

隆　：可是A套餐和B套餐好像都很好吃。

【2】不是都拖到最後一刻才完成嗎

─表示懊悔、失望

a.我把咖啡打翻在重要的書上了。

b.我早上睡過頭，所以遲到了。

c.我的腳因滑雪而骨折了。

d.我看了不該看的東西。

e.我男（女）朋友到國外留學了。

■山田先生打電話給計程車行。

山田：對不起。我好像把文件忘在計程車上了。

員工：什麼樣的文件呢？知道計程車的車號嗎？

員工：喂？這裡沒有文件類的失物。

山田：是嗎？那我可能是在別的地方弄丟的吧。

【3】不知不覺地鞠躬

─表示無意識的行動

「つい」常和「V＋てしまう」一起使用

a.我（忍不住）跟上司頂嘴了

b.無意中將自己的父親當作老人來對待，不太好呢。

c.雖然知道對身體不好，但還是不知不覺地抽菸了。

d.看到蟑螂，我不由得發出了驚叫。

■看到正在講電話的母親，兒子健一說……

健一：媽，為什麼妳明明在講電話，卻還鞠躬行
　　　禮呢？

惠子：因為習慣，還是會不由得鞠躬行禮嘛！

【4】不小心就長談了

―「Ｖ＋てしまう」和「Ｖ＋でしまう」的簡略
說法

在會話上常用的表現。「Ｖ＋ちゃう」是「Ｖ＋て
しまう」的簡略說法；「Ｖ＋じゃう」是「Ｖ＋で
しまう」的簡略說法。

a. 哎呀，公車開走了。

b. 啊，是誰拿錯傘了。

c. 我忘了設定鬧鐘。

d. 我喝了父親的威士忌喔。

■丈夫回到家，正在和妻子交談。

和夫：電話都打不通呢！

惠子：對不起，因為很久沒聯絡了，不自覺地就
　　　聊了很久。

■在公司，上司正在和部下交談。

木村：鈴木，你怎麼了？好像很睏。

鈴木：剛才弄錯，不小心吃太多感冒藥了。

6課

我去看看狀況

動詞・て形的應用（６）―～てくる・～ていく

＜會話＞

岡田先生和木村先生正走在路上。

岡田：那輛車，開得真快啊！

木村：啊！撞上護欄了！

岡田：去看到底什麼情況。

木村：那，我來叫救護車吧。

岡田：（臉色逐漸變得很蒼白……）請振作一點。

＜本課學習重點＞

「Ｖ（動詞）＋てくる」、「Ｖ＋ていく」有４種用法。
「Ｖ＋てくる」含有「来る」（朝向那裡）；「Ｖ＋
ていく」含有「行く」（遠離那裡）的意思，在
這裡使用的動詞為表示動作的動詞。

1. 表示連續的動作→買來（＝買了之後來）／買
　 去（＝買了之後去）

2. 表示同時發生的動作→走來（＝邊走邊來）／
　 走去（＝邊走邊去）

3. 表示（在完成某動作之後）再回到原來的地
　 方→去叫人來（＝叫了之後回來）

4. 表示狀態的變化

【1】我去約她

―表示連續的動作。「做了之後來／去」的意思

a. 我去上班前洗了頭。

b. 我在車站買了份報紙過去。

c. 我總是打過電話後，才去客戶那裡。

d. 聽說田中先生現在要先去書店再來。

e. 陳先生在印度和泰國做完考察回來了。

■在公司談論著年終尾牙。

佐藤：不好意思，你來試著計劃一下年終尾牙。

山田：啊，計畫書是由鈴木先生寫完帶來。

佐藤：上田小姐能來嗎？

山田：那沒問題！我會邀請她來參加的。

【2】那輛車，開得真快啊

―表示同時發生的動作。「邊做～邊來／去」的
意思

a. 有個男人飛快地奔跑過來。

b. 在他後面有位警察追了過來。

c. 小孩們舉起手穿越過斑馬線了。

d. 今天坐計程車去吧。

e. 下次請帶您的小孩一起來。

■在家中，夫妻正在交談。

惠子：今天有位名叫宮島的先生到家裡來拜訪。

和夫：啊，是嗎？是學生時代的朋友，我們很久
　　　沒見了，很想見見他。

和夫：今天我要坐車去。
惠子：那，這個行李你帶去。

【3】我去看看狀況
一表示（在完成某動作之後）再回到原來的地方。
「做完～後回來」的意思
a. 我去買個便當回來。
b. 請叫車站站務員來。
c. 我去問問下一班公車的時刻就回來。
d. 下起雨來了，去把曬的衣服收進來。
e. 你可以幫我去買一下東西回來嗎？

■在大學，隆和山川教授正在交談。
隆　：我去圖書館借本書就來。
山川：那順便幫我影印一下這份資料。

山川：我去吃個午餐就回來。
隆　：在這段時間內，我會先把這份報告整理好。

【4】臉色逐漸變得很蒼白
一表示狀態的變化
「V＋てくる」是表示從過去朝向現在的變化；「V
＋ていく」是表示從現在朝向未來的變化。
a. 物價逐漸上漲了。
b. 職業婦女逐漸增多了。
c. 聽說地球暖化日趨嚴重。
d. 今後天氣將越來越冷。
e. 物資集中於東京的情形，今後將更為顯著。

■在散步途中，和附近的人交談。
木村：公寓和大樓日漸增多了呢。
谷　：那一定是因為地價很貴的緣故。

木村：街道不斷地在改變呢。
谷　：以前這裡曾有什麼來著？

把酒冰過了喔
一自動詞・他動詞

＜會話＞
和夫和惠子的結婚紀念日。
和夫：我回來了。啊，我肚子好餓。
惠子：你回來啦。今天是你喜歡的義大利料理喔。
和夫：聽起來不錯。那來喝點紅酒。酒冰了嗎？
惠子：當然，我已經冰過了。
和夫：玻璃杯也拿出來了吧。
惠子：我已經先拿出來了。對了，你猜今天是什
　　　麼日子呢？
和夫：是我們的結婚紀念日嘛！來，乾杯！

＜本課學習重點＞
自動詞是表示對象，不需要加「～を」的動詞；
他動詞是必須要有「～を」的動詞。自動詞和他
動詞如同「落ちる／落とす」、「閉まる／閉める」
一樣，對應的字彙相當多。了解自動詞和他動詞
形式的不同，以二個為一組記憶吧。但是請注意
也有形式相同的自動詞和他動詞。→「風が吹く
（自動詞）／笛を吹く（他動詞）」

【1】集合→收集
一自動詞 -aru 的部份，在他動詞變成 -eru
・收到會費。／收集會費。
・我已存了一百萬日圓。／是你拼命節省才存下
　來的吧？
・果凍已經凝固了嗎？／我現在正把它放在冰箱
　裡凝固。
・今天起，決定在公司內禁止吸菸。／咦，誰決
　定的啊？

【2】到達→送到
一自動詞 -u 的部份，在他動詞變成 -eru
・行李寄到。／寄送行李。
・需要的資料都已經齊全了。／是昨天秘書幫我

備齊的。

- 計畫有進展嗎？／是，順利地進行著。
- 貴店幾點開始營業呢？／平日是 12 點，假日是 10 點開店。
- 蘭花很難種得漂亮。／種植蘭花是很難的吧。

【3】壞掉→弄壞
—自動詞 -reru 的部份，在他動詞變成 -su

- 車壞了。／把車弄壞了。
- 因上星期的颱風，懸崖崩塌了。／將懸崖弄塌，打算蓋什麼呢？
- 從河裡流過來乾淨的水。／不可以亂倒炸過天婦羅的油。
- 因打雷，大樹倒了。／聽說發生革命，並推翻了政府。
- 這裡是髒的喔。／因為是珍貴的書籍，請勿污損喔！

【4】飛→使……飛
—自動詞 -u 的部份，在他動詞變成 -asu

- 紙飛機根本不飛。／發射紙飛機吧。
- 天花板在漏水。／對不起，孩子尿濕了褲子。
- 在歐美，孩童的人數遞減。／在中國正採取減少孩童人數的政策。
- 洗好的衣服已經乾了嗎？／用烘乾機來烘乾吧。

【5】回去→讓……回去
—自動詞 -ru 的部份，在他動詞變成 -su

- 要回家了。／請讓我回家。
- 你的傷口已經復原了嗎？／為了復原，我每天都在做復健。
- 我們換到能看得更清楚的位子去吧！／這次我們將總公司從大阪搬到了東京。

【6】下來→放下
—自動詞 -iru 的部份，在他動詞變成 -osu

- 乘客下車。／卸貨。
- 考試落榜了。（學生）／因為你曠課太多，所以我當掉你了。（老師）
- 就這樣，羅馬帝國毀滅了。／源氏消滅了平氏。
- 我每天早晨早起。／每天早上 7 點叫女兒起床。

8課

最多能提領多少錢呢
—可能形

＜會話＞
留學生琳達正在銀行的窗口詢問。
琳達　：不好意思，這個戶頭能辦提款卡嗎？
銀行員：嗯，可以。
琳達　：使用提款卡領錢，最多能提領多少呢？
銀行員：一次最多可以提領 50 萬日圓。
琳達　：是在這裡領卡嗎？
銀行員：我們會用郵寄寄送。

＜本課學習重點＞
「（書く→）書ける」、「（話す→）話せる」等，稱作動詞的可能形。「する」的可能形是「できる」。可能形有如下的用法：

1. 表示具備某種能力→會用電腦
2. 表示可做某種事的狀態→能使用信用卡嗎？
3. 表示許可（「してもいい」）／禁止（「してはいけない」）→在這棟大樓不能飼養寵物

這類意思不只能用動詞的可能形表現，也能用「～ができる」、「～することができる」的句型。

【1】會用電腦
—表示具備某種能力

a. 能游 500 公尺。
b. 我在別人面前不太會說話。
c. 能配合任何節奏跳舞喔。
d. 小鳥能在天空自由飛翔，真好！

■在新生歡迎會的宴會上交談。
健一：薩哈先生，請唱一首歌。

薩哈：我不會唱日本歌，可以唱披頭四的歌嗎？

健一：薩哈先生，喝一杯酒如何？

薩哈：不，不用了。因為我完全不會喝酒。

健一：你敢吃生魚片嗎？

薩哈：不，我不敢吃生的魚。

【2】能辦提款卡嗎？

—表示可能性的狀態

a. 能使用信用卡（付賬）嗎？

b. 水髒不能游泳。

c. 搭這輛電車能到阿爾卑斯山的山頂。

d. 未成年不能買酒。

e. 日本任何地方的自來水都能飲用。

■在教室裡詢問朋友。

蘭 ：從東京到大阪，要花幾個小時才能到呢？

隆 ：搭新幹線的話，3個小時就能到。

蘭 ：如果搭飛機，需要多久呢？

隆 ：只要40分鐘喔。

【3】圖書館前禁止停車

—表示許可（してもいい）或禁止（してもいけ
ない）

a. 任何人都能加入這個社團。

b. 此種保險隨時都能解約。

c. 在這間公寓不能飼養寵物。

d. 這一側因為禁止游泳，所以不能游。

e. 未滿20歲不得飲酒。

■在圖書館內交談。

宏 ：這裡禁菸吧！

健一：對面有吸菸區，在那裡可以抽。

宏 ：星期六晚上圖書館開到幾點呢？

館員：到9點。

9課

竟然打起瞌睡來了

—被動形

＜會話＞

山川教授和川村教授正在談論現在的大學生。

山川：最近有很多惡劣的學生呢。

川村：的確如此。我在教室上課，竟有學生打瞌
睡……。

山川：那還算好的了。我的課堂上，還有學生離
開教室。

川村：那的確很過分呢。

山川：也有被叫到名字卻不肯應聲的學生。

川村：我們是不是必須設法讓學生覺得上課很愉
快呢？

＜本課學習重點＞

用「AがBをなぐる」的句子為例，以B為主
語來說就變成「BがAになぐられる」。關於某
動作或作用，以受影響的人或物為主語的句子是
「受け身形の文」，使用被動形態動詞。在日語中，
常有不說主語的被動形態表現。

1. 直接被動→被老師誇獎了

2. 間接被動→在電車上腳被踩了

3. 表示困擾的被動→突然下起雨來了

4. 以無生物為主語的被動→召開會議

【1】他們首先請我從糕點開始吃

—直接被動

以接受動作或作用者的立場而言。

a. 我被山田先生邀請去看電影。

b. 我被伊藤拜託去幫他搬家。

c. 被老師誇獎了。

d. 那個政治家被大家討厭。

■留學生正在談論關於品茗會。

約翰：上個星期六，聽說你被邀請參加了品茗會。

琳達：是的，可是因為我不懂品茗的禮節，所以

不知道該怎麼做才好。

琳達：他們首先請我從糕點開始吃。

約翰：糕點的吃法也有禮節嗎？

【2】今天早上，在電車上腳被踩了

—間接被動

在身體的一部分或持有的東西受到動作、作用的時候使用，意即有「受害」的感覺。

a. 手被電車的門夾到了。

b. 因打架而弄斷了3顆牙齒。

c. 在路上被車子濺到泥巴。

d. 在美容院頭髮被剪得很短。

■在家中，夫妻正在交談。

和夫：昨天我被經理拍了肩膀。

惠子：咦？不會是被炒魷魚了吧！

和夫：不是，是約我去打高爾夫球。

惠子：聽說隔壁的太太去國外旅行時，錢包被偷了。

和夫：去國外旅行時，果然還是得注意自己的隨身物品。

【3】突然下起雨來了

—表示困擾的被動

a. 我想搭乘的公車開走了。

b. 我正想悠閒地看書時，朋友竟然來玩了。

c. 凌晨貓叫，害我醒來了。

d. 我珍藏的白蘭地被兒子喝完了。

e. 在大減價時，毛衣先被買走了。

■星期一在公司說著星期日發生的事。

山田：昨天的高爾夫球打得怎麼樣？

岡田：別提了，竟然突然下起雨來。

山田：兜風，玩得還愉快嗎？

鈴木：在回程途中女朋友竟然打瞌睡，令我覺得有點傷心。

【4】將在今天的國會上被公佈

—以無生物為主語的被動

經常使用於新聞或報紙等的報導文章上。

a. 預算審議會將從明天起被召開。

b. 首相的政策將在今天的國會上被公布。

c. 內閣不信任案在眾議院被提出了。

■電視新聞

主播：行憲紀念日的今天舉行了反對憲法修正的示威遊行。

主播：在野黨被認為將強烈地反對法案成立。

10課

什麼都讓他做

—使役形・使役被動形

＜會話＞

在公司，新婚的山田先生正在加班。

經理：你的上司岡田很嚴格，所以你每天都被迫加班，很辛苦吧！

山田：不，並沒有那麼辛苦。

經理：可是，我記得你好像才新婚不久吧！不可以讓你太太過於寂寞喔。

山田：我讓我太太做任何她喜歡做的事，所以不要緊的。

經理：總之，今天你就早點回去吧。

山田：（似乎很難說出口）嗯，其實我已經讓她很生氣，內人早就跑回娘家了。

＜本課學習重點＞

使役形是表示A向B提出指示，使其做某種行動的意思。

1. 由上位的人對下位的人提出指示，要求採取行動時的使役形→讓部下出差去了

2. 將人置之不顧，放任不管時的使役形→讓他哭個夠吧

３．委婉地表示意願或期望時的使役形→接著請
讓我唱首歌

４．與被動一起使用的使役形→讓⋯⋯出差、奉
命出差

【１】讓弟弟去幫忙買東西

一由上位的人對下位的人提出指示，要求採取行
動時的使役形。

a. 在年終尾牙上，我們讓她第一個唱歌喔！

b. 妹妹看起來很疲倦，我要她早點休息。

c. 因為我正在養病，所以才叫我太太幫我寫賀年
卡。

d. 為了改掉我小孩偏食的習慣，我硬要他吃他討
厭的食物。

■在公司，正在和經理交談。

經理：明天的展覽我會叫鈴木去幫忙。

佐藤：謝謝。那真是幫了我大忙。

佐藤：經理，開會要用的資料我會叫山田準備。

經理：是嗎？那就拜託你了。

【２】就讓他盡情說他想說的話吧

一將人置之不顧，放任不管時的使役形

a. 他愛怎麼發脾氣就讓他去發脾氣吧。

b. 讓他去念他自己想念的大學吧。

c. 讓他做他想做的事吧。

d. 他累了，所以讓他愛怎麼睡就怎麼睡吧。

e. 因為他還很年輕，所以就讓他做他喜歡做的事吧。

■在公司，上司和部下正在交談。

鈴木：山田先生又在誇耀太太了！

木村：才剛新婚而已，所以想說就讓他說吧。

■在居酒屋，上司和部下正在交談。

鈴木：該回去了吧。喝太多了喔！

木村：因為明天休假，你就讓我喝吧！

【３】讓我選花樣吧

一委婉地表示意願或期望時的使役形

a. 下次請讓我請客吧。

b. 經理，請務必讓我做這個工作。

c. 媽媽，今晚（請）讓我來做飯吧。

d.（請）讓我來拿那件行李。

e. 下次請讓我發表演說。

■朋友之間的對話。

隆　　：這輛車很好開喔！

真由美：下次也請讓我開開看。

真由美：哇！這本漫畫真有趣。

隆　　：也讓我看一下嘛。

【４】每天都被迫加班很辛苦吧

一與被動一起使用的使役形

含有「困擾」的心情。

a. 我歌唱得不好，卻被強迫唱了卡拉 OK。

b. 在新進職員的歡迎會上，雖然不想喝卻被強迫
喝了啤酒。

c. 昨天我被迫送她回家。

d. 小孩強迫我買昂貴的電動玩具給他。

e. 我被迫代替經理去客戶那裡拜年。

■在社團室裡，成員們正在交談。

小山：松田學長這個人很會指使別人，總是強迫
我們拿他的行李。

伊東：我則是被強迫幫他洗制服。

小山：昨天我們被迫等了好久才開始比賽。

伊東：在等待的那段時間，又被迫做練習到厭煩
的程度。

11課

年終禮品要送什麼呢？

授受動詞一あげる・もらう・くれる

＜會話＞

和夫和惠子正在思考年終要送的禮品。

和夫：年終要送岡田先生什麼禮品呢？

惠子：送威士忌你覺得怎麼樣？

和夫：去年我們從岡田先生那裡收到了什麼禮物呢？

惠子：我記得是收到日本酒。

和夫：今年他會送什麼給我們呢？

惠子：一定又是送日本酒吧。

<本課學習重點>

「あげる」和「もらう」是給予和收受時的表現。視對象是長輩或晚輩，或誰當主語，所用的動詞會有所更改。（參考右圖）

1.「あげる」和「もらう」的用法

2.「もらう」和「くれる」的用法

3. 給予時用「やる・あげる・さしあげる」

4. 收受時用「もらう・くれる・いただく・くださる」

【 1 】從山田先生那裡得到了 10 張彩券／其中的 5 張我給了鈴木先生

—「あげる」和「もらう」的用法

a. 從山田先生那裡得到了 10 張彩券。

b. 其中的 5 張彩券我給了鈴木先生。

c. 我送給經理 3 張，結果他回贈我 1 張電影票。

d. 剩下 2 張中的 1 張給了我兒子。

e. 結果，最後的一張竟然中了獎，得到了 100 萬日圓！

■在公司，員工正在交談。

木村：前幾天我給你的書，你已經看過了嗎？

佐藤：啊，你給我的書呀，我一直沒有時間看……。

秘書：剛才，我將總經理送給科長的新居落成祝賀交給了科長。

社長：辛苦了。

科長：總經理，方才收到您的新居落成祝賀，非常感謝。

【 2 】我從山田先生那裡得到了／山田先生給了我

—「もらう」和「くれる」的用法

a. 我從木村先生那裡得到了新作品的 DVD。／木村先生給了我新作品的 DVD。

b. 我從醫生那裡拿到了很有效的藥。／醫生開了很有效的藥給我。

■在公司向上司打招呼

鈴木：前幾天我生病時，收到了您送的水果，非常感謝。您還寫了一封信給我，真是過意不去。

【 3 】送給了齊藤經理／給了岡田先生

—給予時用「やる・あげる・さしあげる」

a. 我給了男朋友一件我親手織的毛衣。

b. 我給了大山先生一本畫冊作為他退休的紀念品。

c. 今天餵金魚飼料了嗎？

d. 在我不在家的這段時間，不要忘了澆花喔！

■畢業典禮過後，學生們正在交談。

學生 A：這本書給你當作紀念。

學生 B：謝謝，我會好好珍惜的。

後輩：學長，恭喜您畢業！

先輩：謝謝。這個棒球手套給你。

學生：老師，承蒙您的照顧，全班同學想送給您這個禮物。

先生：謝謝，我會好好珍惜的。

【 4 】我從齊藤經理那收到了／我從岡田先生那裡得到了

—收受時用「もらう・くれる・いただく・くださる」

a. 朋友給了我漢字辭典。／老師送給了我漢字辭典。

b. 我從山田那裡拿到了網球。／我從經理那裡得到了高爾夫球。

c. 我收到了木村寄來的賀年卡。／我收到了經理寄來的賀年卡。

■丈夫和妻子正在談論著贈禮。

惠子：岡田先生送給了我們傘架以祝賀我們新居落成。

和夫：從經理那收到了掛軸字畫。／經理送給了我們掛軸字畫。

惠子：今天午餐吃麵線，是鄰居送給我們的。

和夫：是嗎？經妳這麼一說，我們每年都會收到他們送的麵線嘛！

12課

我先生經常幫我忙

授受補助動詞—～てあげる・～てもらう・～てくれる

＜會話＞

惠子小姐正在和鄰居島田小姐交談。

惠子：島田太太，您明明有小孩，卻還一直在工作，真是了不起。

島田：沒有的事，您過獎了。我先生經常會幫我做家事，提早回家的時候，也會先幫小孩洗澡。

惠子：像去托兒所接小孩之類的，您都怎麼辦呢？

島田：其實我們隔壁的川上太太的小孩也是上同一間托兒所，所以她都會一併幫我接送我的小孩。

惠子：是這樣啊。那麼你們夫婦都外出時，可以托寄在我家喔！

＜本課學習重點＞

在動詞的て形後加「あげる・もらう・くれる」

「さしあげる・いただく・くださる」、「やる」，就含有行為或恩惠上的給予、收受的意思。和第11課的「あげる」、「もらう」相同，視對象為長輩或晚輩，或主語不同其所用的動詞也就不同。

1.「V（動詞）＋てあげる」和「V＋てもらう」的用法

2.「V＋てもらう・ていただく・てくれる・てくださる」的用法

3.給予時用「V＋てやる・てあげる・てさしあげる」

4.收受時用「V＋てもらう・てくれる・ていただく・てくださる」

【1】從山田先生那拿到了資料／別的資料送去給了鈴木先生

—「V＋てあげる」和「V＋てもらう」的用法

a. 我要搬運工人幫我拿重的行李。

b. 因為當時正在下雨，所以我幫他叫了計程車。

c. 老師請我吃了盛筵。

d. 我幫您拿行李。

■公司的同事正在交談。

鈴木：我開車送您回去吧。

上田：老是讓您送，真是不好意思。

上田：這片DVD借你看。很好看喔。

鈴木：謝謝。前幾天你借給我看的那一片也很好看。

【2】我請教授幫我找了房子／教授為我找了房子

—「V＋てもらう・ていただく・てくれる・てくださる」的用法

a. 請約翰幫我找到房子。／約翰替我找到房子。

b. 報告被教授誇獎了。／教授誇讚了我的報告。

c. 受蘭小姐邀請參加舞會。／蘭小姐邀請我參加舞會。

■在大學，朋友間正在交談。

真由美：昨天上課的筆記，你能借我嗎？
良子　：可以呀！因為前幾天我也向你借了筆記。

【３】我來幫您影印吧／我來幫你影印吧

—給予時用「Ｖ＋てやる・てあげる・てさしあげる」

a. 誰去泡個牛奶給小寶寶喝。

b. 知道了，我去幫你泡。

c. 我來替你開車吧！

d. 我幫他選了西裝。

e. 我幫您照顧小寶寶吧！

■在公司，正在和同事交談。

鈴木：小川小姐，我來幫你泡杯茶吧。

小川：啊，麻煩你了。

■在公司，正在和客人交談。

顧客：這是很重要的資料，對吧！

木村：那我影印一份給您吧。

【４】我請齊藤經理送我／我讓岡田先生送我

—收受時用「Ｖ＋てもらう・てくれる・ていただく・てくださる」

a. 木村先生來探我的病。／經理前來探我的病。

b. 我叫妹妹幫我燙了衣服。／我請川上小姐幫我燙了衣服。

■在公司，和同事正在交談。

鈴木：山田他送我到成田機場。

武井：那真是太好了啊。

鈴木：這件事情，山田幫了我相當多的忙。

武井：經理也給了我們各種建議。

13課

可以讓我問您一些問題嗎。

—させていただく・してもらう

<＜會話＞

在就業活動中，健一拜訪了他大學的一位學長高田先生。

健一：我很想在學長您任職的公司上班，能給我個機會，讓我問您一些問題嗎？

高田：可以呀！那什麼時候好呢？

健一：在學長您方便的時間，請讓我到公司來拜訪。

高田：那這個星期四的２點怎麼樣？

健一：好，那我２點來拜訪您。

高田：為了學弟，我很樂意幫忙。

＜本課學習重點＞

「私がさせていただきます／私がさせてもらいます」等，對自己的行為用使役形是表示謙讓的意思（即貶低自己，提高對方）。

１. 委婉地表明自己的期望或者要求時的表現→我想要早退……。

２. 在會議或典禮等接待客人的場所常使用的表現→不歇業。

３. 「させる」若換為「してもらう」的說法，將弱化強烈的表現。

【１】請務必讓我出席

—委婉地表明自己的期望或者要求時的表現

a. 我的頭很痛，所以想請您讓我早退……。

b. 能否請您讓我抽根菸呢？

c. 我累了，所以就讓我坐在那裡吧！

d. 能不能讓我照張相呢？

e. 能不能讓我把行李放在這呢？

■在公司，公司職員正和就業負責人交談。

高田　：聽我學弟說，他想參加說明會。

負責人：那麼，由我們寄說明會的通知給他。

■在公司，正在和上司交談。

鈴木：嗯……，下星期一我想請假……。

經理：星期一嗎？好的。

【2】不歇業

—在會議或典禮等接待客人的場所常使用的表現

a. 請讓我說句問候的話。

b. 接下來，請讓我宣讀幾封賀電。

c. 請讓我帶您到會議室去。

d. 黃金週也不歇業。

e. 本銀行的窗口受理時間到下午 3 點為止。

■正在開會。

木村：關於我注意到的幾點事項，請讓我陳述個人意見。

■正在和客人交談。

木村：我們一定會在期限內交貨。

【3】能在 5 點的時候過來嗎

—「させる」若換為「してもらう」的說法，將弱化強硬的表現

a. 可以做成 Excel 的檔案給我嗎？

b. 對不起，你能幫我泡杯茶嗎？

c. 你能幫我打掃房間嗎？

d. 今天你能幫我加班嗎？

e. 你能幫我把這個翻譯成英文嗎？

■下雨了所以從車站打電話。

和夫：不好意思，可以來車站接我嗎？

健一：好啊，現在就去喔！

■在公司。

佐藤：之前提的那件事，今天早上我已經叫川田出差去辦了。

經理：這樣啊！你已經讓川田去出差了嗎？如果是他，一定會將事情辦妥吧！

經理：佐藤，從明天起你能不能暫時不要來公司上班呢？

佐藤：咦？你是說我將被迫辭職嗎？

經理：不是，是給你的特別休假啦。因為你最近

很辛苦。

■在宴會上。

鈴木：就讓田中上台致詞吧！

經理：嗯，那麼田中，你能不能上台致詞呢？

鈴木：叫計程車五點來接我們吧！

經理：好啊。

鈴木：（打電話給計程車行）車子能在 5 點的時候過來嗎？

14課

到了的話要打通電話來喔

條件的表現—と・たら・ば・なら

<會話>

母親惠子女士送要去大阪的真由美出門。

真由美：糟了，我一醒來就已經 9 點了。再不快點的話……。

惠子 ：太過匆忙會受傷喔！因為「欲速則不達」。

真由美：嗯。如果趕不上 10 點半的新幹線，那我就坐下一班。

惠子 ：到了那邊的話要打通電話回來喔！

真由美：好。需不需要我帶什麼土產回來？

惠子 ：如果妳回來時順路要去京都，就買些醬菜回來。

<本課學習重點>

「〜と」、「〜たら」、「〜ば」、「〜なら」表示如下的條件：

1. 表示假定、推測「如果……的話」

2. 表因果關係「一……就……」

3. 以過去的動作為條件「……了，結果……」

4. 表示發現「一……發現」

5. 表示確定條件「如果……的話，那……」

6. 表示對不可能實現之希望的假定條件「如

果……就好了」

「と」、「たら」、「ば」、「なら」之間，有可以互相替換的情況和不可互相替換的情況。

【1】趕不上的話就用下一個
—表示假定、推測「如果……的話」

a.如果進口自由化，米就會降價吧！

b.如果到那家公司上班，好像就能請育嬰假。／
　如果是那家公司的話，好像就能請育嬰假。

c.如果這本書能暢銷，那就太好了。

d.如果這次找的公寓很大，能不能讓我和您一起
　住呢？

■在高爾夫球賽上，出賽者正在交談。

木村：誰會獲得優勝呢？

岡田：田中最有希望獲得優勝。要是佐藤優勝的
　　　話，那還真是出乎意料。

木村：如果風很大，我或許也能打得好。

【2】一到了20歲，就能喝酒了
—表因果關係「一……就……」

a.2加2等於4。

b.一彎過那個轉角就有一家銀行。

c.一按這個按鈕，就會打開。

d.一吃這個藥，症狀必定會改善。

e.二氧化碳一增加，地球便會加速暖化。

■在留學生宿舍，學生正在交談。

琳達：如果沒錢就會很傷腦筋，所以我想去打工。

約翰：要是這樣，那我介紹你去一間不錯的店打工。

琳達：櫻花什麼時候會開呢？我好想早點看到櫻
　　　花。

約翰：春天一到櫻花就會開了喔。在4月左右。

【3】約去聽演唱會，結果被拒絕了
—以過去的動作為條件「……了，結果……」

a.切了洋蔥就流眼淚。

b.我搭計程車，結果因為塞車，開會反而遲到了。

c.到達北海道，結果在下大雪。

d.我喝了當地的水，結果拉肚子。

e.我去賭賽馬，結果贏了10萬日圓。

■正在和朋友交談。

健一：我寫情書給良子，結果收到了她的回信。

宏　：是嗎？那太好了。

健一：可是，我約她去聽搖滾演唱會，結果被她
　　　拒絕了。

宏　：因為她是古典樂迷啦。

【4】嚐看看，發現很好吃
—表示發現「一……發現……」

a.一打開蛋糕盒，發現裡面是空的。

b.試著開始用網際網路，出乎意料地簡單。

c.我到圖書館一看，發現門關著。

d.一穿過國境的長隧道，那邊已是雪國。

e.試著問他看看，結果被拒絕了。

■和留學生正談論著關於日本的食物。

真由美：你試著吃過納豆嗎？

約翰　：嗯，我試吃了一下，結果比我所想的還
　　　　要好吃。

真由美：鮪魚的生魚片，吃起來是什麼味道呢？

約翰　：我吃了一口看看，覺得味道很像是水果
　　　　中的酪梨。

【5】感冒的話，吃這個藥就可以囉
—表示確定條件「如果……的話，那……」

a.你要去買東西的話，請買個哈密瓜回來。

b.山田先生去的話，那我也去。

c.你不吃的話，那我來吃。

d.3號不行的話，那就4號好了。

e.1萬日圓的話，就可以買。

■**在醫院，醫生和病患正在交談。**

病患：我發燒了，是不是最好不要洗澡呢？

醫生：要是發燒的話，那麼最好不要洗澡。

病患：我也沒有食慾。

醫生：那樣的話，就開退燒藥和胃藥吧。

【6】要是跟我說的話，就能幫你了

─表示對不可能實現之希望的假定條件「如果……就好了」

a. 要是我再年輕一點的話，我想乘遊輪環繞世界
  一周。

b. 要是我住在你家附近的話，那我就能幫你更多
  的忙了。

c. 要是我住得離車站再近一點，那我上班就會更
  輕鬆。

d. 要是她肯嫁給我那就好了。

e. 要是我有更多閒暇的時間那就好了。

■**求職活動中的學生正在交談。**

前田：如果能在那家公司上班的話那就好了。

阿部：這樣的話，就能領到很多的獎金呢。

前田：我就業考試又落榜了。

阿部：我也是。要是能有公司內定，我就可以不
      用像這樣走訪很多家公司了。

著者紹介

佐々木 瑞枝（ささき みずえ）

武蔵野大学・大学院教授。アメリカンスクール、外国人記者クラブ、各国大使館など、さまざまな機関で20年以上にわたり日本語教育に従事し、山口大学教授、横浜国立大学教授を経て現職。『大学で学ぶためのアカデミック・ジャパニーズ』『大学で学ぶための日本語ライティング』『日本語パワーアップ総合問題集』シリーズ、『日本留学試験実戦問題集』シリーズ（以上、ジャパンタイムズ）、『生きた日本語を教えるくふう』（小学館）、『日本語ってどんな言葉？』（筑摩書房）、『外国語としての日本語』（講談社現代新書）、『男と女の日本語辞典』（東京堂出版）、『日本事情〈第2版〉』（北星堂書店）、『日本語表現ハンドブックシリーズ(1)〜(10)』（監修）、『日本事情入門』（以上アルク）など、著書多数。
ホームページ　http://www.nihongonosekai.com/

門倉 正美（かどくら まさみ）

横浜国立大学教授。東北大学大学院でヘーゲル哲学を学んだ後、山口大学教養部で哲学・論理学を教える。1993年から日本語教育に携わり、近年はアカデミック・ジャパニーズ、メディア・リテラシーに関心をもっている。著書に、『日本留学試験実戦問題集〈読解〉』（共著、ジャパンタイムズ）、『アカデミック・ジャパニーズの挑戦』（共編著、ひつじ書房）、『変貌する言語教育』（共編著、くろしお出版）など。

新式樣裝訂專利 請勿仿冒
專利號碼　M249906 號

本書原名―「会話のにほんご　改訂新版」

会話日本語 I　改訂新版

（附有聲 CD 1 片）

2011 年（民 100）2 月 1 日 第 1 版 第 1 刷 發行
2014 年（民 103）5 月 1 日 第 1 版 第 3 刷 發行

定價 新台幣：380 元整

著　　者	佐々木瑞枝・門倉正美
授　　權	株式会社ジャパンタイムズ
發 行 人	林　　寶
發 行 所	大新書局
地　　址	台北市大安區 (106) 瑞安街 256 巷 16 號
電　　話	(02)2707-3232・2707-3838・2755-2468
傳　　真	(02)2701-1633・ 郵 政 劃 撥：00173901
登 記 證	行政院新聞局局版台業字第 0869 號

香 港 地 區	香港聯合書刊物流有限公司
地　　址	香港新界大埔汀麗路 36 號 中華商務印刷大廈 3 字樓
電　　話	(852)2150-2100
傳　　真	(852)2810-4201